# 壮思风飞

石孝军◎著

九州出版社
JIUZHOUPRESS

**图书在版编目（CIP）数据**

壮思风飞 / 石孝军著 . -- 北京：九州出版社，
2021.6

ISBN 978 - 7 - 5225 - 0225 - 0

Ⅰ. ①壮… Ⅱ. ①石… Ⅲ. ①诗集—中国—当代
Ⅳ. ①I227

中国版本图书馆 CIP 数据核字（2021）第 121566 号

**壮思风飞**

作　　者　石孝军　著

责任编辑　周弘博

出版发行　九州出版社

地　　址　北京市西城区阜外大街甲 35 号（100037）

发行电话　（010）68992190/3/5/6

网　　址　www. jiuzhoupress. com

印　　刷　三河市华东印刷有限公司

开　　本　710 毫米×1000 毫米　16 开

印　　张　18

字　　数　212 千字

版　　次　2021 年 8 月第 1 版

印　　次　2021 年 8 月第 1 次印刷

书　　号　ISBN 978 - 7 - 5225 - 0225 - 0

定　　价　95.00 元

# 军魂相生精气神

## ——读石孝军诗集《壮思风飞》

中共中央党校（国家行政学院）教授　刘志伟

　　正在海滨小城威海度假，孝军来讯告知将要出版诗集，嘱我作序。欣然从命，两度认真拜读了原稿。拜读中，许多往事浮现脑海。

　　1980年代，我们是43军战友，孝军在南阳的129师政治部组织科，我在洛阳的军政治部宣传处。1984年前后，我多次到129师下部队，其中一次随毛根民处长、陈其奎副处长到129师，他俩与刘国柱政委交谈，索要孝军到军宣传处工作。从他们交谈中，孝军在我心里立起丰满形象：在连队当过兵，上过战场，读过军校，任过连长，多岗位历练，有思想，文笔好，军政素质俱强。1970年代刘政委在团政委岗位上，就被时任武汉军区司令的杨得志，誉为全区师团干部中的"两柱"，另一"柱"为时任54军162师的团政委胡永柱。刘政委惜才，不愿放走孝军。一两天后，在师政治部副主任陶方桂的办公室首次见到孝军，其俊朗容貌、沉稳神情、干练身姿，深深印入我的脑海。

　　百万大裁军时43军撤销，我们同时调54集团军政治部，两个家属在外地的"单身汉"，在同一宿舍楼和办公楼生活工作，经常散步交谈，朝夕相处，直到两年后我考入国防大学读研。1990 年代，孝军在集团军宣传处随着先期转业贵阳的夫人谢丽辉，转业到贵州省政府工作。孝军伉俪是 129 师战友，1979 年丽辉作为师宣传队五位女宣传员之一，战地歌唱鼓舞士气，还参与运送弹药、抢运伤员，《解放军报》长篇报道《烽烟滚滚唱英雄》，赞誉她们"战地五朵金花"，全国妇联授予"全国三八红旗集体"，丽辉荣立个人和集体三等功。近 40 年时光过去，我们虽然天各一方，当年军旅结下的情谊却愈久弥坚，怀念军旅生涯的共鸣也历久愈浓。多年来音讯相通、时常相会，真切感受到大千世界、茫茫人海中，彼此始终就在身边！

孝军从历史文化底蕴深厚的湖北荆州入伍，前半生奉献给了地处中原、有"铁军"之称的老部队，成长为军旅骄子，各个时期的老首长——刘国柱少将、陶方桂中将、杨德清上将等，对其人品才华都青眼有加；后半生奉献给了贵州的建设，尤其是全省社会保障事业的开拓，得到了有关部门的充分肯定，成长为正厅级领导干部，更可喜的是，在其悉心培养和全力推荐下，多位部下也成长为厅局级领导干部。孝军的精彩人生，人们都可从诗集中读出其历练成长的轨迹，都可发现其思想情感的脉络。

《壮思风飞》集录了孝军近 20 年来 300 余首诗作，全集有"悠悠军歌唱不尽""绵绵心语家国情""楚楚相依故乡月""滚滚红尘任我行"等五个单元，无论是回顾军旅生涯的"军歌"，还是倾诉家国情思的"心语"，或是故乡旧事新情的"牵挂"和游历各地山水的"走笔"，我都读出了始终贯穿其中的一条红线——"我是一个兵！"在

"军歌"单元的《三机炮连赋》里，如数家珍地记叙了老部队从东北抗联到百万裁军半个多世纪的发展历史，充满深情地回顾了其入伍第一站——三机炮连五年里从士兵、班长、排长到连长的成长历史；在"心语"单元的《养老保险处二十年感怀》里坦言，"廿载坚守岂烂柯，一夕化蝶问初心"，"满目青翠数栋梁，可慰如来可慰卿"；在"牵挂"单元的《武汉清零》里，为故乡疫情得到控制倾情赞颂，"上下同欲共甘苦，军民戮力安乾坤"；在"走笔"单元，《国门杂咏》里内心激荡的是老兵豪情，"伫立国门情难已，还我青春祛苍凉"，在记录游历威宁碧水云天的《草海》里欣言，"守住初心无瑕疵，方证清白在人间"。

毛泽东说过："诗言志。"孝军前半生军旅生涯，铸就了大道直行的正气、坚韧不拔的血性和刚柔相济的情怀；后半生地方工作，坚守初心，凤愿奉公，始终保持了军人的正气与本色。《壮思风飞》全篇洋溢军人的精气神，正如《携内子观〈芳华〉》所言，"激活满腔沸腾血，唤醒军魂润苍生"，更如《八一抒怀》里所反复吟咏的，"我是一个兵！"

2020 年初秋于北京知性山水斋

## 目录

**悠悠军歌唱不尽** ···················································· 1

三机炮连赋 ······················································· 3

八一抒怀

　　——我是一个兵 ········································· 6

七言诗一首 ························································ 8

重回铁军军部感怀 ············································· 9

建军节献诸战友 ················································ 9

六十述怀 ························································· 11

观战友微信群 ··················································· 12

题战友粮钢军装照 ············································· 12

七律二首 ························································· 13

题《"八一"醉吟》 ··············································· 14

七言二首 ························································· 15

战友 ······························································· 15

题李珂同志北国雪景照 ······································ 16

七言三首 ································· 16

满江红 ··································· 17

强军颂(歌词) ························· 18

纪念建军九十周年贵阳铁军战友小聚 ··· 20

纪念建军九十周年(三首) ············· 20

七言一首 ································· 21

时隔四十年遇战友崔清峰 ··············· 22

恭读蔡业柏政委大作《母子情深》有感 ··· 22

观志伟教授发来王成原型隐姓埋名几十年视频有感 ··· 23

三军开训 ································· 23

为吴自桂政委书法点赞 ················· 24

怀念总攻打响时 ························· 24

题吴政委回乡相册 ····················· 25

谒湘江战役纪念园 ····················· 26

赴金陵探望建茹战友 ··················· 27

女战友庆八一 ··························· 28

戊戌"暑"月战友会 ····················· 28

师医院战友武汉聚会 ··················· 30

题书华战友晒旧照 ····················· 31

贺志远战友受聘贵阳敦善交响管乐指挥并首演成功 ··· 31

定风波·宴客 ··························· 32

当总攻发起的时候 ····················· 33

老兵颂(歌词) ························· 35

为战友李珂所制美篇《缅怀青春　芳华永存》题 ……………… 37

沁园春·观海上阅兵感怀 ………………………………………… 37

喜获《张万年》画册 ……………………………………………… 38

阅兵进行曲

　　——贺新中国 70 周年阅兵盛典 ……………………………… 39

己亥冬日与陶方桂将军及诸战友相聚北京 ……………………… 41

西江月·忆方城 …………………………………………………… 41

师宣传队之歌 ……………………………………………………… 42

悼农志华同志 ……………………………………………………… 43

悼向苏并致众战友 ………………………………………………… 44

悼建茹 ……………………………………………………………… 45

重阳悼战友庄镜裕 ………………………………………………… 46

中原行 ……………………………………………………………… 47

携内子观《芳华》 ………………………………………………… 47

西江月·再观《芳华》 …………………………………………… 48

西江月·赞《芳华》 ……………………………………………… 48

浣溪沙·《芳华》人物谱（五首）……………………………… 49

七言一首 …………………………………………………………… 51

相逢依然是少年

　　——贺 129 师文艺宣传队贵阳联谊会 ……………………… 52

泥土

　　——庆祝"八一" ……………………………………………… 53

遇当年军校同学 …………………………………………………… 53

记佛山战友聚会并谢老首长墨宝 …………………… 54

## 绵绵心语家国情 ……………………………………… 55

樱花谣 ……………………………………………… 57

七言一首 …………………………………………… 58

楼上观雪 …………………………………………… 58

无题 ………………………………………………… 59

信息化知识培训 …………………………………… 59

一篇读罢头飞雪 …………………………………… 60

咏浪 ………………………………………………… 60

新春吟 ……………………………………………… 61

悼陈忠实先生 ……………………………………… 63

步兴洪韵兼记乙未初秋黔中游 …………………… 63

七律一首 …………………………………………… 64

观梅随想 …………………………………………… 64

郊游咏秋 …………………………………………… 65

露营情歌 …………………………………………… 66

端午 ………………………………………………… 68

念奴娇·元日感世贺新年 ………………………… 68

念奴娇·龙栖湾情怀 ……………………………… 69

水调歌头·龙栖湾遣兴 …………………………… 70

采桑子·除夕 ……………………………………… 71

咏社区贵州同乡女子时装秀 ……………………… 71

守岁 ………………………………………… 73

七律 ………………………………………… 73

黄大发颂 …………………………………… 74

珍惜好山水

　　——生态文明之歌（歌词）……………… 74

森林公园健步 ……………………………… 76

如梦令·游泳 ……………………………… 76

拜谒阳明文化园 …………………………… 77

卜算子·林城广告 ………………………… 78

洁牙 ………………………………………… 79

赞毛主席书法 ……………………………… 80

赞报德兄转发美文 ………………………… 80

祝贺党的十九大胜利召开 ………………… 81

忆江南（三首）……………………………… 81

重阳节携内子登山 ………………………… 82

红叶图 ……………………………………… 82

杂感（二则）………………………………… 83

悼余光中先生 ……………………………… 84

满庭芳·贵大首届 MPA 师生相聚 ………… 85

年终总结 …………………………………… 85

鹧鸪天·元旦庖汤 ………………………… 86

周末伴童孙观影《无问西东》……………… 86

无题 ………………………………………… 87

题寒叶裹冰图 …………………………………… 87

飞雪迎春 ……………………………………………… 88

戌时烟雨亥时月 ………………………………… 88

元宵节 ……………………………………………… 89

西江月 ……………………………………………… 89

咏梅 ………………………………………………… 90

"两会"吟风 ……………………………………… 91

雨打春花 …………………………………………… 92

浪淘沙·题宜昌欢宴图 ………………………… 92

春蚕 ………………………………………………… 93

沁园春·庆祝改革开放四十周年 ……………… 93

沁园春·纪念毛泽东主席诞辰 125 周年 ……… 94

秋冬之交(三首) ………………………………… 95

自题小像 …………………………………………… 96

观《流浪地球》 …………………………………… 97

临江仙·伴读 ……………………………………… 98

五言二首 …………………………………………… 99

七言一首 …………………………………………… 100

清平乐·赞川航英雄机长 ……………………… 100

数博会赞 …………………………………………… 101

观影《我不是药神》 …………………………… 102

西江月·观中美贸易战 ………………………… 102

八月诗絮(二首) ………………………………… 103

难忘的转身 ································································· 104

悼金庸 ········································································· 105

立冬 ············································································· 105

重庆万州公交车坠江七日祭 ································· 106

黄昏观霞 ····································································· 107

户外咏怀 ····································································· 108

冬至 ············································································· 108

贵阳暴雪 ····································································· 109

夜读任正非受中国媒体群采 ································· 109

我们都是追梦人 ························································ 110

猪年元宵节 ································································· 112

泡钟书阁 ····································································· 113

题玉兰 ········································································· 113

南厂樱花 ····································································· 114

再题玉兰 ····································································· 114

鸢尾 ············································································· 115

小区观鸟 ····································································· 115

虞美人·落樱 ······························································ 116

读《初心》 ································································· 117

五四百年 ····································································· 117

重读《万历十五年》 ················································· 118

夏日如秋 ····································································· 118

观中美贸易战 ····························································· 119

高考二题 ································· 119

无题 ································· 120

偶成 ································· 121

农家小院天地宽 ································· 121

赞人民功臣张富清 ································· 122

黄文秀 ································· 123

观刘诗昆钢琴演奏会 ································· 123

乡趣二首 ································· 124

深山听蝉 ································· 125

重阳 ································· 126

养老保险处二十年感怀 ································· 126

我的祖国叫中华

　　——庆祝新中国七十周年华诞 ································· 127

赞第九届世界军运会开幕式 ································· 128

贺李荣金老人 103 岁寿辰 ································· 130

庭院秋色 ································· 131

悼流沙河先生 ································· 131

某洋快餐卖撸串 ································· 132

航拍贵州 ································· 132

松颜诗话新春雅集 ································· 134

筑城小寒天象 ································· 134

周总理祭日再听《绣金匾》 ································· 135

海南猫冬(外一首) ································· 135

收明祥弟年货 ·········································· 136

送冬发伉俪离海南 ·································· 136

紫叶李（四首） ······································ 137

鹤冲天·踏青 ·········································· 138

水调歌头·川普甩锅 ······························ 139

自嘲 ······················································ 139

漫游云漫湖 ············································ 140

临江仙·中国珠峰测量登顶 ··················· 140

北斗颂 ··················································· 141

七言一首 ··············································· 141

六十述怀 ··············································· 142

沁园春·生日 ·········································· 143

长相思·生日答谢众亲友 ······················ 144

六五初度 ··············································· 144

试撰三联度春宵 ····································· 145

满江红·战洪图 ······································ 146

沁园春·观美对华制裁 ·························· 147

广场小景 ··············································· 148

七夕 ······················································ 148

观影《八佰》 ········································ 149

青柚树 ··················································· 149

麦翁布依古寨 ········································ 150

主席忌日 ··············································· 150

赞一箭九星海上发射成功 ……………………………… 151

## 楚楚相依故乡月 …………………………………… 153

涠洲岛放灯歌 ……………………………………… 155

清平乐·端午思绪 ………………………………… 157

嫁女 ………………………………………………… 157

七言绝句一首 ……………………………………… 158

送友人 ……………………………………………… 158

清明祭双亲 ………………………………………… 159

回乡偶书 …………………………………………… 159

卜算子·怀旧 ……………………………………… 160

回乡 ………………………………………………… 161

友人和 ……………………………………………… 161

乡愁 ………………………………………………… 162

参加湖北商会年会 ………………………………… 162

水调歌头·又临武汉严西湖 ……………………… 163

送春 ………………………………………………… 163

清明祭 ……………………………………………… 164

西江月·宜昌 ……………………………………… 164

柴埠溪四韵 ………………………………………… 165

临江仙·海南遇寒潮 ……………………………… 166

清舍客栈 …………………………………………… 167

乡友聚会 …………………………………………… 167

中秋 ⋯⋯⋯⋯⋯⋯⋯⋯⋯⋯⋯⋯⋯⋯⋯⋯⋯⋯⋯⋯⋯⋯⋯⋯ 168

登黄鹤楼 ⋯⋯⋯⋯⋯⋯⋯⋯⋯⋯⋯⋯⋯⋯⋯⋯⋯⋯⋯⋯⋯⋯ 168

如梦令·赴中山参加邓铃同志民俗画展开幕式 ⋯⋯⋯⋯⋯ 169

告辞 2018 ⋯⋯⋯⋯⋯⋯⋯⋯⋯⋯⋯⋯⋯⋯⋯⋯⋯⋯⋯⋯⋯ 169

元旦寄语 ⋯⋯⋯⋯⋯⋯⋯⋯⋯⋯⋯⋯⋯⋯⋯⋯⋯⋯⋯⋯⋯⋯ 170

陪乡友 ⋯⋯⋯⋯⋯⋯⋯⋯⋯⋯⋯⋯⋯⋯⋯⋯⋯⋯⋯⋯⋯⋯⋯ 170

为中华酱酒文化体验馆(65店)贵阳分馆剪彩 ⋯⋯⋯⋯⋯ 171

会校友 ⋯⋯⋯⋯⋯⋯⋯⋯⋯⋯⋯⋯⋯⋯⋯⋯⋯⋯⋯⋯⋯⋯⋯ 171

乡聚 ⋯⋯⋯⋯⋯⋯⋯⋯⋯⋯⋯⋯⋯⋯⋯⋯⋯⋯⋯⋯⋯⋯⋯⋯ 173

庭院三章(临江仙) ⋯⋯⋯⋯⋯⋯⋯⋯⋯⋯⋯⋯⋯⋯⋯⋯⋯ 173

临江仙·怀旧 ⋯⋯⋯⋯⋯⋯⋯⋯⋯⋯⋯⋯⋯⋯⋯⋯⋯⋯⋯⋯ 174

咏秋 ⋯⋯⋯⋯⋯⋯⋯⋯⋯⋯⋯⋯⋯⋯⋯⋯⋯⋯⋯⋯⋯⋯⋯⋯ 175

**滚滚红尘任我行** ⋯⋯⋯⋯⋯⋯⋯⋯⋯⋯⋯⋯⋯⋯⋯⋯⋯ 177

走近多瑙河 ⋯⋯⋯⋯⋯⋯⋯⋯⋯⋯⋯⋯⋯⋯⋯⋯⋯⋯⋯⋯ 179

兴聚 ⋯⋯⋯⋯⋯⋯⋯⋯⋯⋯⋯⋯⋯⋯⋯⋯⋯⋯⋯⋯⋯⋯⋯⋯ 180

和园小吟 ⋯⋯⋯⋯⋯⋯⋯⋯⋯⋯⋯⋯⋯⋯⋯⋯⋯⋯⋯⋯⋯⋯ 180

千岛湖印象 ⋯⋯⋯⋯⋯⋯⋯⋯⋯⋯⋯⋯⋯⋯⋯⋯⋯⋯⋯⋯ 181

金陵游 ⋯⋯⋯⋯⋯⋯⋯⋯⋯⋯⋯⋯⋯⋯⋯⋯⋯⋯⋯⋯⋯⋯⋯ 182

羊年春节假日赴云南走笔 ⋯⋯⋯⋯⋯⋯⋯⋯⋯⋯⋯⋯⋯⋯ 183

登山 ⋯⋯⋯⋯⋯⋯⋯⋯⋯⋯⋯⋯⋯⋯⋯⋯⋯⋯⋯⋯⋯⋯⋯⋯ 183

乙未仲春曲阜行 ⋯⋯⋯⋯⋯⋯⋯⋯⋯⋯⋯⋯⋯⋯⋯⋯⋯⋯ 184

海龙囤怀古 ⋯⋯⋯⋯⋯⋯⋯⋯⋯⋯⋯⋯⋯⋯⋯⋯⋯⋯⋯⋯ 185

国门杂咏（二首） ⋯⋯⋯⋯⋯⋯⋯⋯⋯⋯ 186

五言诗一首 ⋯⋯⋯⋯⋯⋯⋯⋯⋯⋯⋯⋯⋯ 187

过天山 ⋯⋯⋯⋯⋯⋯⋯⋯⋯⋯⋯⋯⋯⋯⋯ 187

忆江南（三首） ⋯⋯⋯⋯⋯⋯⋯⋯⋯⋯⋯ 188

念奴娇·沙漠 ⋯⋯⋯⋯⋯⋯⋯⋯⋯⋯⋯⋯ 189

永遇乐·崖州渔港 ⋯⋯⋯⋯⋯⋯⋯⋯⋯⋯ 190

水调歌头·游泉湖 ⋯⋯⋯⋯⋯⋯⋯⋯⋯⋯ 190

庐山三咏 ⋯⋯⋯⋯⋯⋯⋯⋯⋯⋯⋯⋯⋯⋯ 191

登滕王阁 ⋯⋯⋯⋯⋯⋯⋯⋯⋯⋯⋯⋯⋯⋯ 193

周末乐游观山湖 ⋯⋯⋯⋯⋯⋯⋯⋯⋯⋯⋯ 194

参观诗画小镇 ⋯⋯⋯⋯⋯⋯⋯⋯⋯⋯⋯⋯ 194

周末走花溪黄金大道 ⋯⋯⋯⋯⋯⋯⋯⋯⋯ 195

满江红·访麻江县药谷江村 ⋯⋯⋯⋯⋯⋯ 195

周末游园 ⋯⋯⋯⋯⋯⋯⋯⋯⋯⋯⋯⋯⋯⋯ 196

雪乡之晨 ⋯⋯⋯⋯⋯⋯⋯⋯⋯⋯⋯⋯⋯⋯ 197

雪乡之夜 ⋯⋯⋯⋯⋯⋯⋯⋯⋯⋯⋯⋯⋯⋯ 197

亚布力 ⋯⋯⋯⋯⋯⋯⋯⋯⋯⋯⋯⋯⋯⋯⋯ 198

雪乡林海 ⋯⋯⋯⋯⋯⋯⋯⋯⋯⋯⋯⋯⋯⋯ 198

雪域行 ⋯⋯⋯⋯⋯⋯⋯⋯⋯⋯⋯⋯⋯⋯⋯ 199

游柴埠溪 ⋯⋯⋯⋯⋯⋯⋯⋯⋯⋯⋯⋯⋯⋯ 199

访右二村 ⋯⋯⋯⋯⋯⋯⋯⋯⋯⋯⋯⋯⋯⋯ 200

畅享石阡温泉 ⋯⋯⋯⋯⋯⋯⋯⋯⋯⋯⋯⋯ 200

七言二首 ⋯⋯⋯⋯⋯⋯⋯⋯⋯⋯⋯⋯⋯⋯ 201

漓江情思 …………………………………………… 202

阳朔印象 …………………………………………… 203

栖霞三题 …………………………………………… 204

苏州三咏 …………………………………………… 206

黔地西行 …………………………………………… 207

渔家傲·逛成都（三首） ………………………… 211

国庆夜游重庆两江 ………………………………… 213

拜孙中山故居 ……………………………………… 214

观邓铃画展 ………………………………………… 214

通车日参观港珠澳大桥 …………………………… 215

牂牁江怀古 ………………………………………… 215

江城子·牂牁江飞滑翔伞 ………………………… 216

儋州三章 …………………………………………… 216

成都之夜 …………………………………………… 217

临江仙·广元南河暮色 …………………………… 218

剑门关 ……………………………………………… 218

翠云廊 ……………………………………………… 219

汉中三题 …………………………………………… 219

谒武侯墓 …………………………………………… 220

游日遣兴（一） …………………………………… 221

旅日遣兴（二） …………………………………… 221

旅日遣兴（三） …………………………………… 222

旅日遣兴（四） …………………………………… 222

旅日遣兴（五） ·················· 224

旅日遣兴（六） ·················· 225

日本美食之一 ···················· 225

日本美食之二 ···················· 226

东瀛三寺 ························ 227

再登海龙囤 ······················ 228

重访湄潭 ························ 229

重游小七孔 ······················ 229

小七孔之歌 ······················ 230

景山随想 ························ 231

茶乡纪行（四首） ················ 232

伫立海棠湾 ······················ 233

溪流

　　——游走张家界大峡谷 ········ 234

黄石寨 ·························· 234

水调歌头·天门山之路 ············ 235

肇兴之夜 ························ 236

登堂安梯田 ······················ 236

肇兴吊脚楼观雨 ·················· 237

石头寨 ·························· 239

旧州随想 ························ 240

谒地坛 ·························· 240

雍和宫 ·························· 241

## 疫情难敌诗兴长 ·············· 243

年关 ························· 245

沁园春·阻抗 ················· 246

望江城（长相思）············· 246

防控（三首）················· 247

中国的力量

　　——致敬抗疫一线的医护 ········ 249

望乡 ························· 250

宅家 ························· 251

英雄谱（一）················· 252

英雄谱（二）················· 254

观屏助阵（二首）············· 256

鹤冲天·踏青 ················· 257

清零 ························· 258

乡友重聚 ····················· 258

京城反弹 ····················· 259

## 后记 ······················· 261

悠悠军歌唱不尽

# 三机炮连赋

陆军原 43 军 129 师步兵第 386 团 3 营机炮连是我从军第一站。老连队前不久建了一个微信群，因此见到了很多以前的人，想起了遗忘很久的事。我在这个连待了五年：机枪兵、炮班长、机枪排长、炮连连长。1979 年底我 24 岁，任连长不足半年，调师政治部，后来到集团军政治部，再后来到地方政府部门工作，直到退休。牵挂老部队几十年，芳华不再，激情依旧。写作初衷是尽量把连队的历史特别是 20 世纪 70 年代到大裁军撤销的重要事件记录下来，把三四十年相隔又相逢的感情表达出来。期冀老连队精神不朽，老战友感情如初，共同守护好三机炮连——咱们共同的永远的精神家园！

三机炮，不平凡。军有名，四十三。

一二九，八六团。属三营，咱的连。

重机枪，火力炫。八二炮，威震天。

驭手拽，军马喧。指挥班，配置全。

部队老，溯抗联。战功赫，北征南。

建国后，变频繁。改并拆，拆又建。

扎两广，驻一线。"文革"中，守桂黔。

七三年，赴中原。新驻地，方城县。

平荒岗，筑营盘。凿窑洞，卧羊圈。

红薯干，二米饭。炼石灰，烧红砖。

炉温高，朔风寒。背蜕皮，手生茧。

高楼起，营连片。练兵场，龙虎蟠。

垦沉湖，拓泥滩。蝇蚊虐，鼠蛇窜。

干打垒，湿衣衫。战犹酣，军情唤。

急回营，忙扩编。奔南疆，战敌顽。

机炮分，成俩连。当尖刀，布前沿。

二一七，靠茅山。御长风，挟雷电。

众战友，好儿男。血肉躯，赴国难。

炮声隆，红满天。弹成雨，火化烟。

闯雷区，跨沟涧。强突破，硬冲关。

劈荆棘，攀陡坎。轰地堡，摧据点。

夺阵地，破防线。肃残敌，护关堑。

师穿插，势如箭。长驱入，阻增援。

占七溪，打围歼。廿八天，凯歌还。

机炮连，鲜血染。十一位，饮敌弹。

阴阳隔，长恨天。殷殷血，染杜鹃。

悲与惨，众伤残。虽慷慨，终身憾。

听指挥，任党搬。守长江，斗波澜。

挑重担，抗凶险。手挽手，肩并肩。

大江东，军旗展。荆江堤，巍巍然。

大裁军，减百万。军撤销，师改编。

团分流，营解散。分离痛，不忍看。

有迷茫，有纠缠。身解甲，心不甘。

兵似水，军如磐。浪淘沙，沙任卷。

几十年，风吹散。几十年，空挂牵。

几十年，存眷恋。几十年，声声叹。

时代变，科技鲜。微信圈，力无边。

老连长，把兵点。花名册，字斑斑。

推群主，司号员。集结号，传播远。

又现声，又见颜。齐呼应，颇壮观。

述往事，问当前。一声唤，泪迷眼。

头飞雪，体形变。眼睛花，听力减。

语音在，精神显。话题多，聊不完。

静夜思，想联翩。好传统，涌心田。

风气正，纪律严。重荣誉，善推贤。

官与兵，不计怨。贵相融，价值观。

青春曲，启蒙篇。铸军魂，造起点。

图画美，底色先。江河水，有发源。

休比官，不谈钱。老连队，似家园。

战友情，生死缘。军旅谊，金不换。

夕阳红，大道宽。唯期盼，身心健。

待相逢，酒斟满。聚豪气，论江山。

鉴初心，留肝胆。人生短，谈笑间。

追风马，屠龙剑。遗子孙，永相传。

2016 年 4 月 15 日初稿于贵阳，4 月 27 日定稿于北京

# 八一抒怀

## ——我是一个兵

十几岁，百把斤，
放下农具来参军。
处处队列身板挺，
天天内务动作精。
晨操暮岗生血性，
令行禁止育军魂。
哨声一响如脱兔，
齐唱"我是一个兵"。

腹肌现，骨头硬，
摸爬滚打长成人。
研文习武树三观，
春华秋实须有根。
百步穿杨双手稳，
千里奔袭一身轻。
羽翼渐丰雏凤飞，

未忘"我是一个兵"。

听指挥，扛责任，
使命如山生死轻。
饮马黄河走太行，
梦萦疆场鼙鼓声。
征南御北常应急，
逢战必胜是铁军。
豪情谈笑骑士风，
践行"我是一个兵"。

解戎装，新征程，
柳暗花明又一村。
羞为时尚弃本色，
笑看世相守自尊。
关系网络深似海，
潜规暗则密如针。
心存畏惧喜寂寞，
谨守"我是一个兵"。

志难酬，白发生，
夕阳虽好近黄昏。
四海风云掌上观，

百姓忧乐胸中存。

门庭偏僻厌车马，

战友相聚忆初心。

每逢"八一"抚军装，

再唱"我是一个兵"！

2018 年 7 月于贵阳南厂

# 七言诗一首

贺家乡战友聚会纪念参军四十周年。

放下犁锄去当兵，江汉平原放飞鹰。

中原扎营沥肝胆，南疆御敌搏青春。

岁月匆匆无言悔，大江滔滔有回声。

守拙东篱常采菊，护雏西窗愉晚晴。

2014 年 12 月 25 日草于贵阳

# 重回铁军军部感怀

解甲归隐万山遥，营帐拾梦九重霄。

铁马卸鞍留忠骨，军旗扬血溅金镳。

半生功名掷荒野，满纸文章任虚飘。

云烟不散化青史，再蘸浓墨写今朝！

2015 年 4 月 18 日殿忠战友陪访曾经工作过五年的新乡军部

# 建军节献诸战友

### （一）从军行·诉衷情

三尺课桌起烽烟，

披挂去戍边。

立马太行千仞，

角吹绕山巅。

尘已远，

情犹牵，

梦空连。

醉拍栏杆，

挑灯看剑，

长啸仰天。

祝八一快乐！

欢迎唱和　李报德

孝军步其韵和诗


## （二）从军行·七律

青春犹羡戎装美，领章映颊如霞飞。

操场嘶喊试腰脚，边境出击慑罪魁。

斗转星移岁月疾，容颜渐颓志难摧，

曾经屠龙何忧鼠？雄心如昔不惧危。


## （三）从军行·诉衷情

碧海波涛大漠烟，

风月本无边。

极目千壑万仞，

军旗矗其间。

路虽远，

魂亦牵，

心相连。

东海竖杆，

西域试剑，

南洋倚天！

2015 年 8 月 1 日于贵阳南厂

昌子林，我在集团军一个处的战友，新乡军分区任副政委后退休。步其《六十述怀》韵，和诗一首。

# 六十述怀

乡村执教逾四载，从戎历练机缘来。

远赴南疆沐战火，倾力铸魂育英才。

军旅半生终不悔，而今赋闲享自在。

年届花甲奢念少，惟求康宁笑颜开。

贺子林六十大寿，步其韵。

铁军纵横近廿载，与君相伴活水来。

满腹经纶情如火，半生求索砺德才。

白首解甲岂有悔，青春跃马影犹在。

得失遑论多与少，篱下秋菊向阳开。

2016 年 5 月 1 日于贵阳

# 观战友微信群

微信观群兴盎然，说写晒转亦拍砖。

喜将残生续残梦，乐见圆月话圆满。

晨晓静听起床号，夜阑热搜问平安。

青春作别颂黄昏，战友人间四月天。

2016 年 5 月 7 日于贵阳

# 题战友粮钢军装照

粮钢欣然着戎装，军梦重温情飞扬。

遥记当年浴战火，热血青春铸荣光。

解甲不懈报国志，纵横职场续新章。

红星军旗歌不落，每逢八一又持觞！

2016 年 7 月 28 日于贵阳

# 七律二首

八一战友聚会，报德兄出口成章，题《"八一"醉吟》，步其韵和之。

## 一

从军作别文峰塔，少年离家路无涯。

伏牛岭寒曾卧雪，黄河水暖几戏鲨。

半支秃笔摹斯文，五尺案牍穷百家。

绿荫护躯经风雨，边陲浴火血如花。

## 二

田园将芜归意长，腾挪职场重垦荒。

小吏犹惧卖红薯，大位更需谋典章。

身陷苟且常有诗，心无旁骛厌换装。

魂系佳节鉴初心，举觞消融头上霜。

2016 年 7 月 28 日于贵阳

附：

# 题《"八一"醉吟》
### 李报德

**一**

乱世无缘象牙塔，披挂横枪闯天涯。

青春血热化飞雪，少壮胆肥藐狂鲨。

鼓角灯前草檄文，风云帐中论兵家。

十八春秋风和雨，最记南疆木棉花。

**二**

放马南山秋草长，解甲归来田未荒。

七品芝麻计瓜薯，半枝刀笔著文章。

偶附风雅吟歪诗，时奉率真斥伪装。

故人相约醉八一，酡颜又染鬓角霜。

战友八一快乐！

2016 年 7 月 26 日

# 七言二首

## 一

拔剑四顾心茫然，从军从政路皆难。

当年曾羡屠龙术，而今只作雕虫观。

## 二

心底无私天地宽，党性军魂亦肝胆。

清风晓晨不期至，满眼春色千重山。

2016 年 3 月 27 日

# 战友

*国松来筑，感慨系之。*

遥忆中原营帐空，尘土硝烟隐青葱。

操枪架炮比筋骨，争勺让被赛弟兄。

浴火南疆曾亮剑，履冰北国常挽弓。

三十七年再相逢，一壶浊酒满堂风。

2016 年 8 月 14 日于贵阳。陈国松是我当班长时的战士、当连长时的排长，后作为战斗骨干上军校深造，毕业后在北京军区守备三师任职，转业在广东梅州法院工作至退休。

## 题李珂同志北国雪景照

六旬少女生来酷，九天寒彻唤屠苏。

林海雪原一点红，犹见当年小白茹。

2016 年余贵阳南厂

## 七言三首

一

**老连队聚会南宁**

三十八年天地遥，四方汇集路迢迢。

席前尽揾英雄泪，坟下轻拂忠魂蒿。

初心可鉴逐嗜鼠，肝胆相照惜战袍。

一番晤对头飞雪，热血犹存隐碧涛。

## 二

### 烈士陵园祭战友

三十八年岁匆匆，当年帅哥已成翁。

重走战地血雨路，再辨边境藤蔓松。

韶华有涯日沉西，青春无悔水长东。

森森陵园尽忠骨，年年此时起悲风。

## 三

### 观那花边境农贸市场

三十八年岁从容，南疆木棉花正红。

隘口已出通大道，车如流水马如龙。

江山难老任兴亡，人生苦短非鱼虫。

峰岭绵延不尽处，但见春色相与同。

2017 年 3 月 16—18 日于广西南宁—龙州

# 满江红

### 与晓东、栋梁相聚麻城龟峰山

龟峰岭下，楼上客，夜空明月。

云过处、松起风涛，竹林听叶。

情溢吊锅任沸腾，意酣酒醇杯不歇。

踉跄放歌盘山路，沐皎洁。


手足情、共相悦，战友谊、坚似铁。

击掌鉴初心、春色重阅。

金戈铁马吴钩梦，纸上谈兵头飞雪。

趁余年，把相思扣紧、再打结。


2017 年 4 月 8 日于龟峰山地质公园洪山宾馆


# 强军颂（歌词）


铁打的营盘钢铸的兵，

犀利的刀锋杀敌的心。

跃入丛林胜猛虎，

翼展蓝天压雄鹰。

深海远航逐蛟龙，

箭挽长弓唤雷霆。

有本事

有灵魂

有品德

有血性

我们是无敌的战神，

我们是新型的铁军！


坚定的信仰铁骨铮，

红色的基因血脉承。

边防海疆守国门，

五洲四洋护和平。

笑对苦乐与生死，

天南地北任驰骋。

有本事

有灵魂

有品德

有血性

我们是党指挥的武装，

我们是新时代的精英！


2017 年 6 月 5 日贵阳南厂

# 纪念建军九十周年贵阳铁军战友小聚

流年逝水水成冰，岁月冰释留残身。

苟且蹉跎无足道，梦回营盘再寻春。

南洋舰阵东瀛翼，西域战云胆气蒸。

若使此生重铺陈，血性壮飞过几村？

2017 年 7 月 26 日晨于贵阳南厂

# 纪念建军九十周年（三首）

一

军旗高扬九十年，丝缕尽赤血染全。

南昌枪声惊长夜，罗霄星火终燎原。

铁流辗转谱史诗，惩倭逐蒋换新天。

民族复兴气如虹，凛凛枪刺护桑田。

二

烽火征程九十年，步履铿锵更无前。

长空翼群揽星辰，碧海舰阵舞龙幡。

铁甲洪流摧枯朽，火箭长弓射天元。

今日沙场正点兵，妖邪鼠辈当胆寒。

## 三

血脉相承九十年，儿女英雄基因传。

位卑未敢忘忧国，梦在疆场凯歌还。

曾经熔炉志成铁，笑对明月缺与圆。

八一深情唤军魂，今生后世不解缘。

2017 年 7 月 30 日于贵阳南厂

# 七言一首

### 原 43 军贵阳文艺兵纪念建军 90 周年

少男少女去当兵，半个世纪守初心。

岁月如歌未跑调，时光流逝有落英。

红尘滚滚马识途，沧海茫茫人自尊。

休对稚凤翻旧谱，且用老嗓著新声。

2017 年 8 月 2 日贵阳凌晨记于南厂

# 时隔四十年遇战友崔清峰

秋声悠长隐胡笳，营帐枝叶初吐芽。

四十一觉恍若梦，两株老树话桑麻。

家长里短枕边事，时代风云天外霞。

陈酒封藏难沽价，珍筋惜骨护春华。

2017 年 8 月 15 日晨贵阳南厂

# 恭读蔡业柏政委大作《母子情深》有感

岁月交响谱华章，军旅生涯最思量。

河山壮美引高歌，风光旖旎咏浅唱。

家国情怀赤子心，桑榆胸襟诉衷肠。

掩卷消融头上雪，风雅传世任流芳！

2017 年 9 月 18 日于贵阳

# 观志伟教授发来王成原型隐姓埋名
# 几十年视频有感

自古战场难自已，尸骨如山血如雨。

幸存壮士透生死，伤口尘封难擦洗。

历史长河干戈启，文明征帆腥风举。

我欲朝天歌一曲，永世休兵剑化犁。

2017 年 10 月 27 日晨于遵义宾馆

# 三军开训

三军开训雷霆动，厉兵秣马气如虹。

雪野红旗冻不翻，碧海舰阵伴鹰鹏。

磨砺锋芒聚寒霜，煅烧铁血识英雄。

将士伟业沙场梦，王师宝岛随长风。

2018 年 1 月 5 日贵阳南厂路

# 为吴自桂政委书法点赞

挥臂起势案牍宽，龙飞凤舞何超然。

三寸毛瑟风雷动，五尺卷素云水欢。

横竖撇捺化珠玑，运筹谋篇落玉盘。

青春墨缘底色好，黄昏情浓霞满天。

2018 年 1 月 17 日于贵阳新世界

# 怀念总攻打响时

战云惊天起，霹雳连地动。

七九二一七，南疆木棉红。

阴雨挟弹雨，炮火划苍穹。

热血祭战旗，青春舞长风。

牛刀不小试，干戈捣黄龙。

征战赢安宁，国运始昌隆。

离离陵园草，一岁一枯荣。

回首萧瑟处，满目正葱茏。

功名尤来轻，军旅情怀重。

生即为战友，死亦是佳朋。

吴钩勤拂拭，沙场男儿梦。

龙泉匣中鸣，集结再相逢。

2018 年 2 月 18 日于龙栖湾

# 题吴政委回乡相册

澧水岸阔十九峰，乡愁乡音韵无穷。

古道通衢识遗迹，清溪透影辨鱼虫。

甲子年华随风逝，古稀追梦气如虹。

鸡黍果蔬故园情，告慰后生血最浓。

2018 年 2 月 25 日于贵阳观山湖

# 谒湘江战役纪念园

有一首史诗红军长征，

有一曲壮歌湘江之战；

有一种危急命悬一线，

有一种凶险欲坠深渊。


有一种抗争以一抵百，

有一场血拼孤立无援；

有一番困境十里埋伏，

有一种惨烈无人生还。


湘江潇水本天堑，

敌众我寡行路难。

尸骨如山血成河，

绝命后卫路已断。


落叶覆盖了不屈的忠骨，

松涛回荡着杀敌的嘶喊，

经历的痛苦是掏肠咬断。

**26**

年轻的师长头颅高悬，

坚持的信念是铁血军魂，

苏醒的战士射出最后的子弹。


铁流突破致命的封锁，

失败造就胜利的起点；

挫折推出英明的统帅，

红日在东方曙光初现。


垒千尺高塔将先烈祭奠，

掬一捧热泪将亡灵呼唤；

信仰的光芒辉映丽日蓝天，

永恒的 34 师，光荣的红五军团！


2018 年 6 月 8 日—11 日于贵阳观山湖山临境


# 赴金陵探望建茹战友


久染沉疴究可哀，陋榻残躯枯如柴。

形影单只孤鸿远，热泪双垂故人来。

曾经英武付疆场，岂无明月照秦淮。

晚霞无限战友情，观虹再登瞰筑台。

2018 年 6 月 24 日于返航途中

# 女战友庆八一

明眸皓齿精神爽，战地金花满庭芳。

风情万种兵味在，徐娘半老语生香。

巾帼可曾让须眉？硝烟弥漫共荣光。

岁月静好人易老，慷慨青春卫国疆。

2018 年 7 月 15 日聚会，记于贵阳南厂

# 戊戌"暑"月战友会

南粤之行，山青水灵；

骄阳似火，战友成荫。

四场聚会，五城留影；

鹏城拢翅，六穗含凝。

新安怀旧，百合迎宾；

京华盛宴，圭峰御景。

米软粥糯，鱼肥酒醇；

金花铿锵，铁汉豪饮。

粉丝守候，长叟随行；

相逢放歌，鼓瑟合鸣。

弦板如初，风韵犹存。

半个世纪，日月星辰；

彼此守望，不改初心。

金戈铁马，青春启程；

御侮安内，拔寨摧城。

战火淬炼，生死交情；

往事难隐，谈笑风生。

时光流逝，岁月无痕；

形色皆变，唯有眼神。

气味相投，丹桂兰馨；

言谈举止，当年情境。

人海茫茫，红尘滚滚；

千金易得，知音难寻。

子期伯牙，空山古琴；

雁掠长空，高天流云。

盘点晚年，规划人生；

高铁如梭，自驾扬尘。

择伴而居，养老归营；

抱团取暖，集火采薪。

风和日丽，花红柳青；

夕阳西下，起舞击磬。

远离庙堂，云淡风轻；

陶然一梦，添气提神。

幸甚至哉，悠悠军魂。

2018 年 8 月 3 日晨贵阳南厂

# 师医院战友武汉聚会

重逢恨晚四十年，销声匿迹梦未残。

青春有涯军旅情，白衣无瑕济世缘。

舍身疆场生死线，奉命整编去留难。

苍发翁妪江城聚，晚霞妆我换童颜。

2018 年 10 月 15 日于武汉安华酒店

# 题书华战友晒旧照

旧照泛黄藏时光，岁月如流思绪长；

红星高照入军营，青春做伴辞故乡。

学步习武二郎庙，谈兵论道独山旁；

功名未获戟难折，欲平独祸鬓已霜。

2018 年 11 月 29 日于贵阳南厂

# 贺志远战友受聘贵阳敦善交响管乐指挥并首演成功

挥臂掀雷霆，弹指拨风云。

半生孜孜求，一世拳拳心。

艺海本无涯，磋磨贵有恒。

晚霞添异彩，敦善启新程。

2019 年 1 月 20 日晨于海南岛龙栖湾

# 定风波·宴客

志伟战友，近日来琼度假，伉俪专程驱车龙栖湾探访，情深意长。

渔市纷攘海风爽，

择精拣肥赶早场。

尚需高厨烹蟹蚝，

遍访。

尘封老酒本色香。


一生挚友并无两，

谁仿？

青春相伴秋叶黄。

天涯倦旅话沧桑，

酣畅。

检索平生议汉唐。


2019 年 1 月 30 于海南岛龙栖湾末楼

# 当总攻发起的时候

1979 年 2 月 17 日凌晨 6 时 40 分，是广西前线总攻发起的时候。

当总攻发起的时候，

炮火首先怒吼；

天空开始燃烧，

大地猛烈地颤抖。

当总攻发起的时候，

死神撕扯着衣袖；

丛林腾跃起士兵，

硝烟吞噬着血肉。


当总攻发起的时候，

勇者与虎狼搏斗，

无畏是攻击的决心，

敢死是冲锋的节奏。

当总攻发起的时候，

一切皆抛到脑后；

再见吧亲爱的妈妈，

此刻已别无所求。

当总攻发起的时候，

胜利就已经在招手；

是祖国挥动的铁拳，

让我们摧枯拉朽。

当总攻发起的时候，

时代转动了旋钮，

开启复兴的征程，

把和平的年代造就。


当总攻发起的时候，

悄然已四十个春秋；

和煦的春风吹过，

告慰长眠的战友。

当总攻发起的时候，

热血与情怀依旧，

军魂是生命的旗帜，

永远飘扬在心头！


2019 年 2 月 17 日晨 6 时 40 分急就，18 日修改于贵阳南厂

# 老兵颂（歌词）

老兵、老兵，

光荣的名称！

少小报国离家门，

老大回乡负双亲；

志在千里守边关，

情系万家护乾坤。

啊，老兵，老兵，

你用美好的青春，

书写无悔的人生。


老兵，老兵，

硬汉的化身！

沙场从来生死地，

去留肝胆两昆仑；

血溅黄土染战旗，

骨埋青山伴星辰。

啊，老兵，老兵，

你用无敌的勇毅，

奉献战士的忠诚。

老兵、老兵，
时代的精神！
艰难困苦勇向前，
历尽劫波守初心；
霜重方显本色好，
路遥才识功夫深。
啊，老兵，老兵，
你用平凡的牺牲，
助力民族的复兴。

老兵，老兵，
社会的群英！
流血流汗不流泪，
敢打敢拼敢较真；
一身正气行大道，
满腔情怀图报恩。
啊，老兵，老兵，
你用无声的誓言，
诠释不朽的军魂。

2019 年 3 月 25 日于贵阳南厂

# 为战友李珂所制美篇
# 《缅怀青春　芳华永存》题

旌旗鼙鼓伴戎马，碧血绒花慰吴钩；

稚气未脱从军旅，初心既守已翁妪。

黄沙漉金巧手淘，青史留影慧眼收；

四十八年再回首，一派芳华识春秋。

2019 年 4 月 15 日于贵阳山临境

# 沁园春·观海上阅兵感

词林正韵

　　清浊沧浪，战舸列阵，信幡飘扬。看旗舷翘首，核潜深藏；驱船编队，舰载高翔。汽笛嘶鸣，鸥群欢唱，踏碎波涛破雾裳。受巡阅，与山河呼应，威武阳刚。

长天大地汇洋。鹏正举，浩然守四方。恨江宁屈辱，马关割让；列强肆虐，众寇猖狂。口岸无兵，边关缺将，国耻家仇岂敢忘。洪澜里，赞中华崛起，向海图强！

2019.04.23 海军节于贵阳

# 喜获《张万年》画册

题记：老首长诞辰九十周年，一些部下在首长女儿张榕配合下共同编辑出版此大型画册，不公开发行。弥足珍贵。

铁军帐下区区曹，常睹尊颜曾捉刀；

剑气在目威非怒，诗意存胸品自高。

沙场骁勇证铁血，帷帐胆略平波涛；

三千画册传万年，一代风流镇千枭。

2019 年 5 月 1 日贵阳山临境

# 阅兵进行曲

## ——贺新中国 70 周年阅兵盛典

凝聚将士的铁血荣光，

展现雄师的无敌形象；

手臂挥动着历史风云，

脚步踢踏出时代铿锵；

雄浑的呐喊响遏行云，

矫健的步伐掀起巨浪。

前进，前进！

磅礴的气势谁能阻挡，

前进，前进！

我们的队伍向太阳！


翼展长空舒张翅膀，

舷劈碧波扬帆启航；

梯次的机群穿越晴空，

巡航的舰队驰骋远洋；

腾飞的烟迹架起彩虹，

凯旋的汽笛天地回荡。

前进，前进！

强军助力复兴的梦想，

前进，前进！

我们的队伍向太阳！


肩负国家坚强的保障，

彰显民族挺拔的脊梁；

炽烈的旗帜燃烧着信念，

威武的战车承载着希望；

高昂的箭锋直指苍穹，

深藏的核弹逼退虎狼。

前进，前进！

骄傲的明天无比辉煌，

前进，前进！

我们的队伍向太阳！


2019 年国庆期间作于贵阳山临境

# 己亥冬日与陶方桂将军及诸战友相聚北京

岁寒情暖聚京华，旧部新朋惜戎马；

点化顽石四十载，催开朽木三生花。

命运甘苦酿入酒，人世酸辛煮进茶；

过往足以慰风尘，更有征程在天涯。

2019 年 12 月 13 日于北京贵州大厦

# 西江月·忆方城

梦追大漠边关，

神往铁马冰河。

烧土炼石垒营盘，

厚茧脱了又磨。

一番研文习武，

且看虎藏龙卧。

赴汤蹈火提劲旅，

南疆手起刀落！

2019 年 11 月 29 日贵阳南厂

# 师宣传队之歌

## （歌词）

包世华

红星闪亮，激情豪迈，我们是一二九师宣传队队员，最爱这军营大舞台。黔城唱响芦荡火种，中原舞动沂蒙情怀。为兵服务，我们谱写动人的乐章；岁月如歌，我们展现青春的风采。哎……兵演兵呀，颂英雄，战地金花傲然盛开。南北转战一路高歌，旗染硝烟更添光彩。

石孝军续包世华老师：

解下戎装，

五湖四海。

我们是一二九师宣传队员，

无愧这壮美新时代。

改行秉持当年的初心，

做人依旧当兵的气派。

心忧天下，不曾忘记自己的角色，

笑傲江湖，命运和家国一起摇摆。

哎……

心连心呀，忆战友，

情系军营痴心不改。

人生有限多作奉献，

青春无悔放眼未来。

# 悼农志华同志

荫护八桂　驻守中原　投身南疆浴战火　军旅征程寄壮志

造福桑梓　情系英烈　倾心陵园慰忠魂　高风亮节颂芳华

注：农志华同志是原 386 团三营机枪连指导员，1979 年 2 月 17 日强攻靠茅山。转业后任广西龙州县民政局副局长。数年如一日，主导龙州烈士陵园勘点修建，收集归拢数千名烈士遗骨敛葬。2018 年 5 月因病去世，享年 73 岁。

2018 年 9 月于贵阳

# 悼向苏并致众战友

向苏驾鹤西去，群里激起波澜；

年岁不至古稀，事发过于突然。

当下岁月静好，四处风清海晏；

既无事业困扰，亦少名利纠缠；

理应心平气和，安心颐养天年。

始知生命无常，犹恨病魔凶险。

回首审视往事，不忍仔细检点。

昨日风华正茂，如今雨打花残；

当初生龙活虎，转瞬步履蹒跚。

休提国色天香，少摆腰缠万贯，

遑论才高八斗，也别仇富恨官。

珍惜战友情谊，胜过灵药仙丹。

红尘嚣嚣万丈，不要故作千翻。

走进路过遇过，几人知心知肝？

何况年少从军，大多稚气未干；

初心与春共发，赤子纯情素安。

难免逢场做戏，珍惜手足言欢。

至真还是战友，尽善终究同班。

既已跋山涉水，一切顺其自然。

少讲烦恼忧愁，修得体闲心宽。

谋事固然在人，成事毕竟在天。

仰首黄莺婉转，俯身子孝妻贤。

适当注意养生，坚持运动锻炼；

切莫讳疾忌医，力戒盲目乐观。

少点花花肠子，多些诤诤直谏。

庙堂渐行渐远，江湖愈来愈淡。

民生自有人理，国事不得妄言。

简单就是幸福，幸福就是简单；

梦想并不遥远，醒来又是一天；

祈愿兄弟姐妹，人人争当寿仙。

2019 年 9 月 3 日晨匆草于贵阳观山湖

# 悼建茹

人世苍凉已晚秋，落木萧瑟何时休；

忍看朋辈成新鬼，痛惜战友忆旧游。

心远浮沉天地宽，身近疴疾古今愁；

纵有万缕牵挂丝，徒挽波涛没扁舟。

2019 年 11 月 5 日于贵阳观山湖

建功立业军旅舞台，青春绽放沙奶奶，五朵金花南疆御敌，戎马生涯名扬三军传万里；

茹苦含辛司法事业，黄泉恸收陈妈妈，一代芳华金陵抗癌，战友牵挂情系八方慰千秋！

*石孝军谢丽辉痛挽*

# 重阳悼战友庄镜裕

年少不识重阳味，咿呀学语诵王维。
岁岁今日九月九，茫茫秋色寒意催。
知交故友渐凋零，天地肃杀落叶飞。
异乡登临肠欲断，庄生化蝶不复回！

2017 年 10 月 28 日晨于贵阳南厂

# 中原行

携妇牵孙中原行，军师旅团班排营。

四面春风陌上柳，十里桃花足下情。

青春有梦怀吴钩，白首无悔留爪痕。

战友义重薄云天，掷杯笑对功与名。

丁酉年清明于故里

# 携内子观《芳华》

共睹《芳华》泪满襟，翁妪相视噎无声。

花样年华历历在，如歌岁月拳拳心。

欣见才俊演旧事，岂无衰朽怀青春。

激活满腔沸腾血，唤醒军魂润苍生。

2017 年 12 月 16 日晨于贵阳南厂

# 西江月·再观《芳华》

《芳华》惊艳寰中，战友交口称颂。

曾经休戚相与共，重现泪眼蒙眬。


岂有花前月下？疆场血雨腥风。

汝我青春火样红，此心难改初衷。


2017 年 12 月 18 日


# 西江月·赞《芳华》

舞台光彩熠熠，

战场血色迷离。

军营集结好儿女，

青春生死相许。


岁月步步紧逼，

**48**

眼花齿松发稀。

芳华易褪情难已,

自有心香一缕。

2017 年 12 月 24 日于贵阳南厂

# 浣溪沙·《芳华》人物谱(五首)

## (一)刘峰

青春无价情无瑕,

明月沟渠任由它。

壮士断臂走天涯。

痴心还需痴人解,

相依欲仙美如画。

残阳如血祭芳华。

## (二)何小萍

丛林深处青青草,

生于卑微不争高。

严寒低氧风似刀。

49

参透生死血染袍，
风中独舞天地摇。
心如止水也堪豪。

## （三）萧穗子

乖巧伶俐自有才，
淑女怀春情窦开。
明珠暗投付尘埃。

妙笔生花述时代，
风云鼙鼓善剪裁。
岁月沧桑巧道来。

## （四）郝淑雯

天赋丽质降豪庭，
道是无情却有情。
横刀夺爱随性行。

毕竟肝胆存昆仑，
直率行事见真诚。
一声棒喝惊世人。

## （五）林丁丁

天籁之音绣口吐，

曼妙身姿韵楚楚。

君子好逑自取辱。

命运多舛实难卜，

伤痕只求女娲补。

神明点乱鸳鸯谱。

2017 年 12 月 27 日于贵阳

# 七言一首

赞《芳华》兼驳心不服、气不顺、瞧不起、想不通的观影者。

青春无价情无悔，男儿慷慨女儿媚。

红尘嚣嚣假恶丑，日月昭昭真善美。

爱到深处心难违，芳华如镜辨忠伪。

渡尽劫波自相惜，敢问神明负了谁？

2017 年 12 月 24 日

# 相逢依然是少年

## ——贺 129 师文艺宣传队贵阳联谊会

从桂黔，到中原，青春身影多矫健；

军旅演艺壮军威，战歌嘹亮冲云天；

半个世纪转瞬过，相逢依然是少年。


从舞台，到前线，血汗缔结生死缘；

南疆木棉红胜火，战地金花更娇妍；

芳华岁月心头驻，相逢依然是少年。


从初见，到眼前，往事并非如云烟；

同甘共苦一锅饭，吹拉弹唱四时欢；

酒酣总忆当年趣，相逢依然是少年。


从过往，到永远，高山流水任抚弦；

余晖相映情犹暖，隔空遥望梦未残；

珍藏战友不了情，相逢依然是少年。


2019 年 8 月 1 日于贵阳

# 泥 土

## ——庆祝"八一"

泥土微不足道，松散无人知晓；

下雨可以冲走，刮风到处乱跑。


经过高温烧烤，泥土变成彩陶；

纵使再成碎片，也是有棱有角。


生活如何崇高？人生并无蹊跷；

火红军营熔炉，能让泥土成陶。


2020 年 7 月 31 日 13：30 于贵阳至深圳高铁上


# 遇当年军校同学


（八一广州南沙万顷沙农场）

珠江出海八面水，波涛入怀万顷沙；

潮汛初歇品河鱼，风雨乍起尝田瓜。

战友相约忆军事，参谋聚首话兵家；

浑然忘却来时路，物非人是天之涯。

2010 年 8 月 1 日于广州万顷沙农场

## 记佛山战友聚会并谢老首长墨宝

八一聚会胜访亲，高铁航班神州行；

眼前山水皆风景，身后岁月是青春。

解甲散落农工商，番号集结老中青；

琴乐欢快军歌起，笔墨厚重颂黄昏。

2020 年 8 月 2 日于深圳威尼斯酒店

绵绵心语家国情

# 樱花谣

门前树树樱花　　一夜春风催发
欢唱春的颂歌　　扭动春的桑巴

樱花邀我赏春　　灿烂宛若云霞
乐为天地增色　　染成美丽图画

樱花邀我入画　　共享娇艳芳华
凝聚四季精气　　喷吐花期潇洒

我羡樱花高贵　　尽献洁白无瑕
蕊中暗红点点　　蕴藏火样情话

我惜樱花柔弱　　难禁风吹雨打
绽放即是飘零　　落瓣由人践踏

我作护花使者　　不忍信手攀拿
拾下点点花瓣　　珍藏此生之涯

甲午年春天一个周末的清晨

# 七言一首

夜航天涯问星星，社保医保俱伤神。

上穷碧落下黄泉，西天更无现成经。

2013 年 12 月 5 日于海南龙沐湾

# 楼上观雪

高楼窗外雪，玉龙舞玄黄。

远近皆高洁，来去俱清凉。

入林化春水，润泥护稼穑。

欲求轻身术，追随雪飞扬！

2014 年 2 月 18 日办公室即景

# 无题

木秀于林风必摧，垒高离岸涌相随。

形秽偏妒红颜好，翅短尤嫉青鸾飞。

巧言令色纸包火，气定神闲香化灰。

长缨既出寒光闪，举世笑看缩头龟。

2015 年 6 月 6 日于贵阳山临境

# 信息化知识培训

京城丽日好读书，信息时代叹知乎。

互联物联网众生，"3G""4G"无独孤。

数据如海波涛涌，休夸学识富五车。

云卷云舒云计算，引领华夏世界殊。

2014 年 8 月 26 日北京国家发展改革委培训中心

# 一篇读罢头飞雪

一篇读罢头飞雪，

经典魂魄知乎也？

夜守孤灯怀祖宗，

昼追时代"云"与月。

2014 年 8 月下旬来京学习一周，晚上重读马克思有关经典，自找的。白天学习信息化趋势、大数据"云"计算等课程，安排的。

# 咏浪

## 其一

千年潮水万里浪，遣波逐澜起洪荒。

苦海有边天作岸，乐土无涯云为疆。

鸿蒙初开问因果，云雨铺陈话沧桑。

拼尽一腔沸腾力，扑向人间述衷肠！

## 其二

不借长风自卷舒，堆金泻银泼珍珠。

三生苦恋终不悔，纵使玉碎德不孤。

## 其三

凌波堆雪何晶莹，远海深蓝波不平。

浪潮起处是三沙，犹恋波峰浪里人。

2015 年 2 月 15 日于龙栖湾

# 新春吟

**元旦祝各位老友新年大吉**

一元复始，万象更新。

告别一年，迎来一春。

时光不息，自在奔腾。

拂面弄颌，落英缤纷。

道旁荆棘，心中伤痕。

万种景象，百般风尘。

鲜花掌声，昨夜星辰。

浮华难恋，红尘翻滚。

南雾北霾，东雨西晴。

隔空观景，入戏尚深。

远方炮火，近处民生。

人间疾苦，枝叶关情。

矢志不渝，党性军魂。

匣中龙泉，偶尔嘶鸣。

引颈目送，长空雁阵。

聊以自慰，含饴弄孙。

陋室焚香，庭院抚琴。

秋月冬雪，柳暗花明。

年岁交替，时序有定。

闲看星坠，静对月盈。

潮起潮退，大象无形。

难附风雅，不凑时兴。

聚散有度，冷暖自省。

心香一瓣，任其飘零。

2016 年 1 月 1 日

# 悼陈忠实先生

文坛耸岳白鹿原，厚重沧桑意缠绵。

犹喜忠实陈青史，尚待诗意话人间。

三秦沃土育椽笔，九州翰苑损巨肩。

清明已过应无雨，常思先贤泪如泉。

2016 年 4 月 30 日

# 步兴洪韵兼记乙未初秋黔中游

珍酒茅台香浓烈，山高水深鱼味鲜。

相逢一笑情胜酒，净心洗肺欲化仙。

# 七律一首

天遣涓瀑云中来，惊雷裂空落珠胎。

红尘喧嚣需净洗，绿野芳菲催花开。

滔滔如诉千古怨，滚滚欲褪万里霾。

笑答归客滞何处？随波逐流自开怀！

五月九日傍晚，贵阳暴雨冰雹，局部十分钟降水七十毫米，且行且吟。

# 观梅随想

小区红梅开放，枝枝伸向太阳；

虽有雾霾锁天，向往成就梦想。

寒梅凌霜盛开，休问花是谁栽；

既有火样姿态，也遣暗香入怀。

羞与群芳争艳，甘守舍下篱边；

冷对功名打赏，炼就花中神仙。

2016 年 12 月 8 日贵阳新世界

# 郊游咏秋

## 一

高坡颐园观长天，秋水如梦秋色妍；
正是黍黄稻熟时，神定气闲话丰年。

## 二

香糯苞谷新米饭，坡上鸡鸭林中蛋；
秋声悠远农家乐，满目诗画金不换。

## 三

蜗居无计转书房，偶行偏坡云正忙；
一场清风一阵凉，此时秋意正绵长。

2017 年 9 月 18 日晨于观山湖山临境

# 露营情歌

收拾行囊

驱动车辆

寻找一片绿草如茵的地方

消磨一个清风沉醉的晚上

多年老朋友

膝下好儿郎

有伴的相约就是天堂


采购果蔬

抖落米粮

偏远的村庄已不再安详

肉肥鱼鲜迎候客人回乡

自烹滋味好

人多饭菜香

有酒的会餐就是天堂


点燃篝火

鼓乐奏响

沉淀的舞曲召唤逝去的青春

新潮的脚步追溯往日的荣光

管号抒胸臆

键盘送流畅

有歌的聚会就是天堂


仰望星空

虫鸣风唱

枕流小河让我回到久别的故乡

四面青山使人融入美丽的画廊

帐篷内外静

昼短夜不长

有梦的栖息就是天堂


卸下道具

撕去包装

剔除坐井观天的空想

作别职场的虚伪和乖张

近处青青草

远方星星亮

有爱的地方就是天堂


2016 年 7 月 18 日于爽歪歪的贵阳

# 端午

端午寻乐好花红，人如流水车如龙。

引歌卖浆皆村妇，走马观花非田农。

沃土锦绣无稻香，水轮旋转有真容。

乡愁难忍嗅菖蒲，新粽依旧传古风。


好花红村是布依族乡村旅游区，种花不种粮。贵州最著名的山歌《好花红》发源于此。

2016 年端午节


# 念奴娇·元日感世贺新年

怅然若失，岁序替，天下四处乱局。

流年不利，血如雨，美欧连连输棋。

蜗壳争肥，沐猴而冠，选举如马戏。

隔岸观火，台海阴云浓密。


风景这边独异，涌洪荒之力，浩然崛起。

穿梭太空，布北斗，尽显大国利器。

长剑倚天，神鹰频展翼，航母长驱。

华夏复兴，伟梦如甘如饴。

## 念奴娇·龙栖湾情怀

褪尽铅华，觅归处，北纬一十八度。

海天同色，云无数，奈何天涯末路。

候鸟南渡，龙栖社区，常年温如暑。

拖鞋短裤，形象全然颠覆。


人生何其仓促？凡当年故交，白头翁妇。

精英豪杰，鉴初心，也曾气势如虎。

浮尘功名，对万古波涛，沧海一粟。

把酒临风，相邀九天星宿。

2017 年 1 月 10 日低吟于海南龙栖湾

# 水调歌头·龙栖湾遣兴

魂兮归来否，海角且偷安。

白首飞渡红尘，身心何超然。

回望雾霾遍地，更兼朝九晚五，无花只有寒。

袖长不善舞，旁骛问三观。

晒素颜，卧竹榻，谋简餐。

沙滩徐行，兴起奋臂浪谷间。

犹喜余晖初现，舞动天南地北，笙歌悠悠传。

一曲山海韵，万顷龙栖湾。

2017 年 1 月 12 日晨填于海南龙栖湾

# 采桑子·除夕

光阴难留句难工，

岁月匆匆，

行囊空空。

浪迹天涯年又终。


海南堪比江南好，

四季花红，

八面来风。

听涛守岁一衰翁。


丁酉除夕于龙栖湾末楼


# 咏社区贵州同乡女子时装秀

蓝天白云碧波起，惊现霓裳羽衣女。

游龙惊鸿款款来，西施洛神婷婷立。

椰林万顷绿难收，衬托嫣红一点羞。

美目盼兮似含秋，巧笑倩兮更解忧。

轻执罗扇欲遮面，慢移玉步声娇颤。

腰肢似柳摇佩珊，古琴流水咏高山。

薄施粉黛现百媚，轻垂玉臂秀发垂。

鼓点匀踩生莲花，旋律轻飏咏芳华。

婀娜多姿颜如玉，岁月风刀了无迹。

华服炫丽频变换，赏心悦目三生愿。

步履轻盈腰腿健，明眸如炬频放电。

始信长幼休问辈，星空明月永不坠。

候鸟迁徙山海韵，水天一色相聚情。

九洲八域各具香，黔中女儿更芬芳。

娉婷袅娜笑春风，多彩方显当年功。

躬逢盛世太平颂，白首尽知韵无穷。

新年新景时装秀，旧情旧岁惜不够。

已将年华付苍穹，还我青春火样红。

缤纷难挽流水逝，温馨从容当自知。

偏把华彩留人间，不羡富豪不羡官。

霓裳羽衣曲难已，健康自信两相许。

弱水三千知舍取，生命风帆正高举。

霓裳羽衣舞有魂，拓展人生新里程。

潇洒传递精气神，诗意书写天地人。

2017 年 1 月 18 日观龙栖湾社区贵州女子时装模特队排练有感，20 日晨初稿于 34 号楼

# 守岁

除夕酩酊别丙申，梦醒金鸡已报春；

龙栖湾畔朝晖至，昨日风月问涛声。

丁酉鸡年初一晨于山海韵 34 号楼

# 七律

*友人丑时读经，感慨系之。*

伴君京华谒故宫，评点楼台烟尘中。

锦绣年华诗酒茶，精彩人生雨雪风。

佛性可修三生缘，善经需悟七层功。

凭栏寄语隔山水，朝晖一缕越长空。

丁酉春晨于贵阳

# 黄大发颂

古邑播州新愚公，治水三十六年功。

拼将儿孙眠旧木，换取清泉涌新峰。

凿石穿空现楷模，锲而不舍持初衷。

大发渠畔颂党魂，高山雄脊风入松。

2017 年 4 月 20 日贵阳南厂

# 珍惜好山水

——生态文明之歌（歌词）

江河经天地，

青山多妩媚。

环境决定生存圈，

孕育物种千万类。

珍惜好山水。

空气贵清新，

山川重植被。

生态就是铁饭碗，

喂养一辈又一辈。

珍惜好山水。


百姓盼致富，

日子要甜美。

林茂粮丰花盛开，

清溪长流牛羊肥。

珍惜好山水。


索取要有度，

任性易损毁。

自然法则最和谐，

因果循环有轮回。

珍惜好山水。


生态文明史，

众人来描绘。

千古诗韵民族风，

天高气爽云朵飞。

珍惜好山水。

2017 年 5 月 20 日

# 森林公园健步

跃向森林走一遭，脚沾泥土试腿腰。

四面绿荫层层道，三春鸟鸣声声高。

新竹初成寻琼瑶，故地重游拾艾蒿。

奔波未必识景致，自古佳人近处娇。

2017 年 5 月 27 日贵阳南厂

# 如梦令·游泳

一

朝九晚五受够，

关节早已生锈。

皮糙肉还厚，

何处袒露自秀？

畅游，

畅游，

76

身心一同悬浮。

二

告别平时慵懒，

浸入宜快勿缓。

水凉勤挥臂，

激活每根血管。

伸展，

伸展，

俯仰可识肝胆。

2017 年 6 月 3 日观山湖

# 拜谒阳明文化园

修文聚文脉，龙场蟠人龙。

阳明五百年，悟道洞穴松。

良知源于此，心即理相通。

知行须合一，行证心性功。

幼读破经卷，精勤骑射弓。

阉宦挫仕途，廷杖命险终。

六品降末吏，颠沛赴黔中。

百难备尝尽，横逆蛊毒凶。

教化结善缘，左右聚茅棚。

光芒破阴霾，大彻黑暗空。

立德复立言，树学门生众。

格物始致知，识得满目葱。

复官遣庐陵，心学体系丰。

统兵平内乱，韬略穷机锋。

山中贼易破，谈笑如访农。

心中贼难擒，修炼须由衷。

行笔走龙蛇，文采耸云峰。

润雨滋华夏，祥云驭海东。

古今留完人，景仰慕洪钟。

千秋传习录，万古光明风。

2017 年 5 月 16 日于贵阳南厂

# 卜算子·林城广告

水是黔中清，

天是贵阳蓝，

白云御风风送爽，

清凉四面山。


身近方销魂，

心远地自宽。

深藏不显功与名，

坐井把天观。


2017 年 8 月 1 日贵阳南厂


# 洁牙


坚持在贵阳某口腔医院洁牙，院长伉俪医术精湛，口碑甚好。

口腔保健事体大，齿松牙稀苦无涯。

百般滋味靠品尝，痛失咀嚼实尴尬。

牙好胃口才能好，病从口入非虚话。

勤受良技洁又亮，明眸皓齿由人夸！


2017 年 8 月 19 日于南厂

# 赞毛主席书法

缔党创军开国史，改天换地毛润之。

羽毫落纸惊鬼神，江河在胸任挥斥。

轻取龙蛇排雄阵，敢调日月遣星驰。

文韬武略见笔墨，雷霆绕指皆是诗。

2017 年 9 月 9 日纪念伟大领袖毛主席逝世 41 周年

# 赞报德兄转发美文

豆蔻含情老来俏，诗酒长伴化琼瑶。

识透人间悲欢事，千古佳丽李清照。

2017 年 10 月 18 日安顺百灵宾馆

# 祝贺党的十九大胜利召开

京城十月气正清，盛会黄钟侧耳听。

千钧力注决胜局，百年计谋定盘星。

血性强军志无敌，锋芒砺党主义真。

巨人引领新时代，神州再造好乾坤。

2017 年 10 月 20 日于贵阳南厂

# 忆江南（三首）

战友志伟教授扬州讲学，戏作忆江南，以应其行。

江南舟，最忆是扬州。瘦西湖上画舫楼，千态百媚吴语柔："莫掉水里头。"

扬州膳，难忘是炒饭。火腿虾仁葱油蛋，赤橙黄绿青豆拌。好吃又好看。

西湖瘦，箫声月影后。柳枝垂瀑腰肢秀，二十四桥看不够。敢把青梅嗅？

2017 年 10 月 21 日于贵阳观山湖

## 重阳节携内子登山

人生几重阳？登山需并肩。

湖山奔眼底，忧乐到胸前。

情浓风云淡，心远地不偏。

峰顶仰菩提，明镜正高悬。

2017 年 10 月 28 日

## 红叶图

冬近枝头稀，春远花无期。

青山暮影里，红叶静相依。

2017 年 12 月 10 日于贵阳南厂

# 杂感（二则）

一

尽头牙，

隔夜茶；

旧情书，

陈芝麻。

当舍难舍痛须舍，

一缕心香祭芳华。


镜中月，

梦里蝶；

千年雪，

万岁帖。

男儿到死心如铁，

此情犹能对谁说？


二

伴，走着走着就散了，

情，守着守着就淡了，

花，开着开着就换了，

梦，记着记着就算了。

只有初心如磬，

只有初心如炭，

始终坚韧，

始终温暖。

2017 年冬至

## 悼余光中先生

这头和那头，

带泪的乡愁；

儿子和母亲，

和血的哭声。

你用当今白话诉说着幽深的情感，

你用现代汉语讲述着普世的酸辛。

两岸沧桑，笔下风云；

一腔赤诚，诗意人生。

2017 年 12 月 15 日贵阳南厂

# 满庭芳·贵大首届 MPA 师生相聚

冬日暖阳，春心荡漾，且把官职轻放。同城千里，人事两茫茫。最是心照不宣，一声唤，悉数到场。置美酒，佳肴百样，听浅酌低唱。

铿锵。十年里，不求闻达，崇尚书香。笑任它，世态冷暖炎凉。自有初心相守，经风雨，炼成金刚。频举杯，岁月静好，再现满庭芳。

*2017 年 12 月 15 日记于贵阳*

# 年终总结

物换星移天地旋，远离蜗壳又一年。

春寄哀思访壮乡，秋趁喜庆问中原。

暑躲庐山荫送爽，冬偎雪乡炕祛寒。

岁末回首赏《芳华》，一颦一笑一陶然。

*2017 年 12 月 31 日 23：00 于贵阳观山湖山临境*

# 鹧鸪天·元旦庖汤

岁首清寒农时好，呼朋引类兴来潮。

心牵农家杀猪饭，情迫车缓怨路遥。

五尺豕，七寸膘，精挑细脍匀火烧。

酒酣耳热迷归途，人间烟火冲云霄。

2018 年 1 月 2 日晨记于山临境

# 周末伴童孙观影《无问西东》

德言行天最从容，赤子精神无西东。

静坐听雨润沃土，慷慨抛血染碧空。

爱恨相织情托底，悲欣交集善为终。

自有家训悬高堂，刚毅坚卓彰国风。

2018 年 1 月 22 日于观山湖新世界

# 无　题

黔地本夜郎，寒时只有霜。

一夜朔风至，四野雪花香。

江山添玲珑，天地失玄黄。

乡土纳春水，寸心识炎凉。

2018 年 1 月 28 日于观山湖山临境

友人仿作：

# 题寒叶裹冰图

冰雪晶莹天地凝，默然相守草木心。

寒风萧瑟时节冷，料峭枝头自怀春。

2018 年 1 月 30 日晨于碧海花园马荣

# 飞雪迎春

寒凝已久雪迎春，轻落庭院静无声。

天抖暗云散如玉，地挂亮纱聚似银。

窗外青山白头景，墙内红梅火样心。

历经四季终不负，情定三生还是君。

2018 年 2 月 2 日观山湖大雪，隔天记于山临境

# 戌时烟雨亥时月

雷电叩城妒春光，风雨终不敌斜阳。

一番倾洗朗乾坤，明月高悬阅沧桑。

2018 年 2 月 27 日观山湖

# 元宵节

心静江湖远，影疏地自偏；

佳节无访客，独酌春花前。

流光溢彩处，万家灯火妍；

登楼邀明月，明月正孤悬。

清辉似有情，皎洁相缠绵；

我请月下凡，月要我上天。

它嫌人间吵，我畏天宫寒；

隔空周旋久，醉卧石阶沿。

2018 年 3 月 3 日晨贵阳观山湖

# 西江月

**社区迎新春活动丰富多彩**

岁末春暖花开，

社区好戏连台。

鼓乐笙箫山海韵，

乡愁年味扑怀。


候鸟红尘飞来，

皓首雄心犹在。

历经渡劫谁言败？

再现芳华绝代。


2018 年 2 月 10 日龙栖湾 34 号楼


# 咏梅


百花次第开，寒梅二度来？

只因春光好，拼享不言败。


注：小区梅花经久不衰，感慨系之。

2018 年 3 月 7 日贵阳观山湖

# "两会"吟风

春来四野绿，宅翁足无泥。

守屏观"两会"，风云斗室聚。

民意蕴国策，宏章含珠玑；

修宪固朝纲，换届思兴替。

机构重设置，优化新格局；

并撤改转建，俱备隐深意。

洪波连天起，时代有命题；

人民正鉴史，肝脑当涂地。

三大攻坚战，百年梦中冀；

四个全方位，倾心治社稷。

海外妖风起，浪涌潮来袭；

从容驶巨轮，自信生定力。

佑民施稳招，护国彰重器；

仰仗定盘星，围绕核心移。

举拳诵誓言，复兴亦有期；

理想化蓝图，虽远犹可及。


赤霞舞旌旗，长风正传习；

征途驰骏马，老骥甘伏枥。

放眼山川秀，心绪连广宇；

紧跟新时代，疾步思看齐。

2018 年 3 月 24 日晨草成于新世界山临境

# 雨打春花

千般繁华何足夸，数番风雨摧春花；

岂无怜香惜玉意？情在旷野润禾稼。

2018 年 3 月 28 日

# 浪淘沙·题宜昌欢宴图

把酒慰风尘，男儿性情。常忆年少从军行。文韬武略纸上兵，豪气干云。

岁月总无情，暗转年轮。心灵相契数十春。守得初心见月明，知音懂琴。

2018 年 4 月 13 日记于贵阳山临境

# 春蚕

桑榆枝上叶，春蚕腹中滋。

芳唇轻轻吐，柔指细细织。

自带金银色，还世锦绣丝。

作茧非自缚，蝶化方成诗。

2018 年 5 月 9 日山临境

# 沁园春·庆祝改革开放四十周年

仪态万方。

风翔神州，鹤舞城乡。

叹十年浩劫，民生凋敝；

樊篱束缚，田园耗荒。

纲常既废，百业苍凉，春花秋月付沧桑。

转乾坤，行拨乱反正，易弦更张。


风动陌巷僻壤，

催滚滚春潮涌大江。

唤市场烟雨，生机勃发；

地涨金瓯，天褪银霜。

疆域如磐，蓝图非梦，醒狮抖擞惊八荒。

慰平生，历相伴谱读，盛世华章。


*2018 年 12 月 18 日初成，21 日改于海南龙栖湾*

# 沁园春·纪念毛泽东主席诞辰 125 周年


千古英豪。

湘江搏浪，北图吟箫。

忧茫茫九派，沉浮无主；

南湖红船，风雨飘摇。

汗透纸背，血溅长矛，武装工农上罗霄。

长征路，呼遵义日出，丹霞燃烧。

行文狂澜惊涛，

施武略逐倭驱蒋枭。

缔人民共和，一统华夏；

春光普照，江山多娇。

思想智慧，辞章墨宝，永载青史领风骚。

励后人，把遗产继承，步步登高！

2018 年 12 月 25 日于海南三亚大东海

# 秋冬之交（三首）

## （一）银杏曲

风起霜寒究可哀，枯枝败叶终非材；

一身豪气蕴春华，千金散尽还复来。

2018 年 12 月 1 日于贵阳南厂

## （二）红枫曲

寒凝岁尾霜似铁，万木萧瑟失本色。

唯有丹枫火样红，枝头燃烧英雄血。

芳华易随秋风走，朱颜难褪伴冰雪。

赤胆不催存天地，青山炫彩胜画页。

2018 年 12 月 3 日于贵阳南厂

## （三）雾中曲

身临雾境欲成仙，如梦似幻飘飘然。

迷茫探花呼国色，懵懂察路疑通天。

楼宇隐约降空灵，山水浮沉起云烟。

远处真伪无意辨，眼前虚实用心勘。

2018 年 12 月 4 日于贵阳观山湖

# 自题小像

苍颜镀粉霞，残阳傍烟霓；

红尘何所期？识得云与泥。

己亥春于三亚

# 观《流浪地球》

## 一

千古苍凉万年愁，太空流浪难到头；

一线生机蓄能量，百般无奈生追求。

亲情友爱神功启，文明自信壮志酬。

身心禁锢由来久，脑洞大开逍遥游。

## 二

### 如梦令

地球难以想象，

危险来自太阳。

保留生命火种，

追求希望光亮；

　流浪，流浪，

家园归途漫长。


科幻拒绝荒诞，

艺术需要土壤。

没有永恒题材，

只有僵化思想。

　市场，市场，

票房不同凡响。

<br>

*己亥正月初三观影于三亚，初八作于龙栖湾*

<br>

# 临江仙·伴读

<br>

赏樱时节花如云，

阡陌满是烟尘。

独傍学童守宅门。

春色千般好，

抬眼万里晴。

<br>

数番意念驭车马，

远峰近岭驰骋。

晨风暮雨润物生。

有心为看客，

无计成闲人。

<br>

*2019 年 3 月 20 日于贵阳观山湖*

# 五言二首

## 贺肖瑶润林瑜伽馆开业

一

瑜伽本逍遥，修炼品自高；

吸纳浩然气，律动心智操。

秀外出佳丽，慧中养傲娇；

久久证梵功，绵绵引风涛。

二

才女名肖瑶，执着心血抛；

苦研终成师，勤勉堪称豪。

辟馆名润林，株苗皆含苞。

情悟知所起，天道证舜尧。

2018 年 3 月 31 日

# 七言一首

湖南著名作家余艳赠《守望初心》，空山绝响，荡气回肠。

初心相寄付明月，倾情守望任圆缺；

魂归信仰抛头颅，血舞群山飘红叶。

九死一生验忠贞，千磨万击证豪杰；

沧桑终需妙手著，壮歌回旋意难歇。

2018 年 4 月 21 日于贵阳观山湖

# 清平乐·赞川航英雄机长

万米凌空，

险情胜刀锋。

死神洞开地狱门，

命悬高寒狂风。

何惧凛冽飘蓬，

传健气贯长虹。

云天戏凤游龙，

演绎鬼斧神工。

2018 年 5 月 16 日贵阳山临境

# 数博会赞

中国国际大数据产业博览会根植贵阳，盛世宏景，美不胜收。

数据时代竞风流，产业新兴楼外楼。

信息万般控于掌，智能百变化闲愁。

互联网加区块链，云计算解风马牛。

世事如棋夺先手，众望所归拔头筹。

2018 年 5 月 28 日于观山湖山临境

# 观影《我不是药神》

生命无价钱财轻，沉疴宿疾不由人。

天价神药地苔命，枯木逢春忧家贫。

一线生机万般求，众生沦陷只手拎。

情义法理皆锋利，割破世相谁有病？

2018 年 7 月 21 日于贵阳南厂

# 西江月·观中美贸易战

识破色厉内荏，

应对麦芒针锋。

井蛙聒噪瞎起哄，

辜负明月秋风。

欺诈难成买卖，

遏制才是真凶。

102

西边云暗东边红，

龙行海阔天空。

2018 年 8 月 8 日于贵阳南厂

# 八月诗絮（二首）

### 医师节

杏林施仁赤子心，白衣圣洁拒染尘。

救死扶伤功德在，除病祛疴美名存。

三春雨露润稼禾，四季风月佑众生。

庙堂倡立医师节，社稷光耀满天星。

### 七夕

七夕演绎情人节，银汉沧海鹊横陈。

两情相悦自相宜，一肩儿女慰风尘。

洞房花烛心头灯，风雨同舟意中人。

纵使阴阳能相隔，总有情字难拆分。

2018 年 8 月 22 日贵阳南厂

# 难忘的转身

若不是心存美好，

怎会有这般眷恋的眼神?

若不是投入太深，

岂能有如此凄美的背影?

毕业庆典

五光十色

笙歌欢腾；

我能记住的

只有您这

转身的一瞬。

亲爱的老师，

这一刻留在孩子的心灵，

这一刻是教师尊严的永恒!

2018 年 7 月 27 日记于贵阳新世界精英幼儿园毕业典礼，班主任转身哭了。9 月 9 日纪念教师节发朋友圈。

# 悼金庸

小桥流水大漠风，沧海天涯无西东。

五光十色心中剑，千变万化掌上功。

快意恩仇笑生死，儿女情长难始终。

自古书生侠客梦，江湖水深红尘空。


2018 年 10 月 30 日于观山湖山临境


# 立冬

闷坐高楼观风雨，闲守暖炉刷手机。

朋友圈里观颜色，互联网上淘信息。

身如卧佛心似马，魂系关山忆戎机。

冬讯已至秋色尽，夏日梦遥春可期。


2018 年 11 月 9 日贵阳南厂

# 重庆万州公交车坠江七日祭

百年修得同船渡，有缘方能同车行。

车厢封闭车轮疾，同一空间同一程。

上上下下站连站，行行走走停复停。

江城江景架高桥，天堑通天流水深。

驱车驰马三分险，七分平安人助成。

心烦导致风波起，意乱招惹灾祸生。

泼妇刁蛮散妖气，愚男失态引死神。

错站未下事堪小，言语不合戾气盛。

挥拳互殴车难控，施暴无由乱方寸。

一时冲动人变鬼，十余家庭失天伦。

可怜邻座皆无辜，更有稚童尚幼龄。

命成阎王不速客，魂断春闺梦里人。

秋风呜咽秋水寒，船笛嘶鸣放悲声。

老幼妇孺均无力，无妄之灾谁担承。

人生在世皆不易，奔波劳碌相依存。

休为一念失均衡，休为琐屑小不忍。

天下兴亡无看客，社会盛衰有成因。

皇天后土已及人，休戚相关情比心。

公众意识同冷暖，规则社会共天平。

齐治修平成君子，安分守己做百姓。

良言能抵三冬暖，微笑传递四季春。

宽容好纳世间物，狭隘易熄心头灯。

慈悲不独佛门事，良善方为性之本。

修炼温良恭俭让，恪守仁义礼智信。

宽严相济彰法治，恩威并举重遵循。

秋山红叶似血染，碧波映月风无痕。

逝者如斯江流远，祈福人间无冤魂。

呼唤共同价值观，再造中华好文明。

2018 年 11 月 6 日于贵阳观山湖

# 黄昏观霞

筑城盛名夏日爽，不期孟冬沐丹阳。

祥云横空堆锦绣，瑞气腾升展霓裳。

楼高千尺接地气，霞披万里泛天光。

相守黄昏方识景，休对寒雨话苍凉。

注：昨天（12 月 3 日）傍晚，贵阳晚霞灿烂，蔚为壮观。借朋友照片记之。

2018 年 12 月 4 日于贵阳观山湖

# 户外咏怀

秋赏明月春看花，南明河畔有人家。

伸手采摘山外星，低头识辨水中蛙。

泱泱城池岁月好，爽爽贵阳哪里差?

举目望乡无归途，魂断夜郎只为她!

2018 年 10 月 11 日于南厂

# 冬至

岁暮途穷滞海滨，残梦犹存磨刀声;

猪羊大限冬至日，汤沸刃利任宰烹。

2018 年 12 月 21 日龙栖湾末楼

# 贵阳暴雪

寒凝长空彻地凉，天涯回首望贵阳。

雪降楼台落时短，凌封道桥归路长。

冬尽祛尘六根净，春序观梅一树香。

玉洁冰清世象好，微信漫舞传他乡。

2018 年 12 月 30 日于海南龙栖湾

# 夜读任正非受中国媒体群采

山高云高天更高，天外尚有九重霄。

纵横西东授神技，捭阖古今摇羽毛。

心无旁骛臻化境，身有正气笑愚曹。

犹怜晚舟归来迟，父爱如灯照波涛。

2019 年 1 月 18 日晨于海南龙栖湾

# 我们都是追梦人

塞北的劲风岭南的云，

东海的暖阳西域的冰；

民族复兴中国梦，

我们都是追梦人。


奔跑的羚羊高飞的鹰，

挺立的脊梁不屈的心；

宏图神技惊世界，

我们都是追梦人。


广袤的田野丰收的景，

丰硕的果实茂密的林；

汗水浇开幸福花，

我们都是追梦人。


闪亮的高铁北斗的星，

中国的制造民族的魂；

风行全球国货好，

我们都是追梦人。

边关的冷月航母的旌，
铁打的营盘流水的兵；
卫国护疆威风凛，
我们都是追梦人。

浩渺的星空案头的灯，
眼前的迷茫足下的痕，
诗和远方无须问，
我们都是追梦人。

奔跑的快递服务的诚，
城乡的供需万家的门；
辛勤方便你我他，
我们都是追梦人。

校园的洪钟雏凤的声，
文明的香火主义的真；
桃李芬芳成栋梁，
我们都是追梦人。

回乡的路途肩头的尘，

亲人的期盼父母的恩；

回眸绕膝小儿女，

我们都是追梦人。


争春的暖树欢唱的莺，

迁徙的候鸟不了的情；

相依天下忧与乐，

我们都是追梦人。


己亥年春节于海南岛龙栖湾


# 猪年元宵节


元夕逢雨水，节重春还寒；

难赏灯与月，只朝枝头看。


2019 年 2 月 18 日于贵阳山临境

112

# 泡钟书阁

题记：贵阳会展城钟书阁，是筑城最美书店，没有之一。阅读场所温馨，顾客盈门。

春日漫步钟书阁，连天阴霾现颜泽；

满目琳琅入沧溟，倾心铺陈显玮烨。

韶华探路勤为径，期颐识途苦求辙。

书香社会盛世景，文明事业兴邦策。

2019 年 2 月 28 日贵阳观山湖

# 题玉兰

玉洁冰清一株兰，沉香凝紫迎风展；

独守方寸幽静土，孤芳自赏亦欣然。

2019 年 3 月 28 日于山临境

# 南厂樱花

小街背巷腾巨浪，如火如荼如霓裳；

千棒冰雪汇云彩，万簇红缨化池塘。

赏樱堪笑名胜地，窗前常泛琥珀光；

前人栽花后人享，不见当年植树郎。

2019 年 3 月 29 日贵阳南厂

# 再题玉兰

彼时奔放，当下静美；

花期难延，流年似水。

质纯品洁，颜值相随；

芳华短暂，过往无悔。

地生万物，天命难违；

高枝休恋，招损易碎。

优雅飘零，方显珍贵；

114

余香幽梦，与风齐飞。

2019 年 4 月 1 日于山临境

# 鸢尾

题记：鸢尾是法兰西的国花，用其根须制作香料。

花开清明后，芳菲谷雨前；

陶然接地气，倾情展天颜。

偶登鸿宾楼，常顾自家院。

含香走四方，不觉春已残。

2019 年 4 月 20 日山临境

# 小区观鸟

春临四月天，景和任翩跹；

亮翅柳梢头，抒嗓楼宇间。

喙食哺子规，啼血燃杜鹃；

115

布谷催农耕，解甲可归田？

2010 年 4 月 22 日山临境

# 虞美人·落樱

形槁色残暗香褪，

锦簇化玉碎；

时运既去命难违，

繁华渐行渐远渐成灰。

枝如青虹叶染翠，

来年缔新蕾；

甘随和风入春水，

飘零无声无怨亦无悔。

2019 年 4 月 10 日于山临境

# 读《初心》

题记：老哥重初伉俪均是"文革"前考入华中工学院（现华中科技大学）的高材生，船舶工程专业读了七年，后分配到贵州一煤矿。退休后笔耕不辍，将其经历感悟、情趣思考辑成一书。力透纸背，文采斐然；掩卷泪目，心潮难平。

壮志未酬意未消，天妒芳华起狂飙；

沦落煤山知崎岖，浮沉书海识逍遥。

故园旧事情难已，高堂细恚泪常浇；

初心共与初凤守，恋到来世还相邀。

2019 年 4 月 30 日于贵阳山临境

# 五四百年

五四呐喊激风云，百年穿越荡回声；

遍地狼烟奔豕犬，漫天风雨走雷霆。

催生政党奉马列，启蒙民众换精神；

薪火传承青春续，热血蒸蔚红日升。

2019 年 5 月 4 日于山临境

## 重读《万历十五年》

经典风行四十年，碧空明月仍高悬；

披沙拣金磨铜镜，剥茧抽丝辨苍颜。

道德纲常易迂腐，法治宏策难逾前；

帝国日暮渐休克，君王途穷长赋闲。

2019 年 5 月 7 日于北京江苏大厦

## 夏日如秋

夏日如秋成何状？衾薄枕冷忧夜长；

枝头花残常噙泪，檐下窗寒久凝霜。

眼观天润草色青，心虑地湿麦正黄；

街巷靓女苦盼晴，衣袂飘飘妆贵阳。

2019 年 5 月 10 日贵阳观山湖

# 观中美贸易战

恃强凌弱名声污，一言不合就动粗；

交易讲狠不讲理，谈判翻脸如翻书。

万里神州德不孤，千年修得驯悍术；

抽拉吊打慢解套，草木入冬见荣枯。

2019 年 5 月 19 日于贵阳观山湖

# 高考二题

一

六·七应有"录取"意，十年寒窗拼一役；

赢就鲤鱼过龙门，输则凤凰不如鸡。

考生惶恐汗淋漓，媒体炒作添风雨；

千军万马独木桥，几个"屌丝"能逆袭?

## 二

社会分化自有序，工农商学兵体艺；

能工巧匠底气足，贩夫走卒民生需。

德才相配可做官，名实不符莫逗趣；

技能照样闪光彩，少拿高考作话题。

2019 年 6 月 8 日晨于贵阳山临境

# 无题

梦里冤家伤口盐，心痛难愈常无眠；

倾情自然眉眼顺，启齿尴尬语不宣。

士为知己可先死，妇随悦容或化仙；

金风玉露无足羡，沧海纵横正阑干。

2019 年 6 月 11 日

# 偶成

小区生态好，随时见翠鸟；

有翅难高飞，无须愁温饱。

2019 年 6 月 19 日山临境

# 农家小院天地宽

水动波光柳枝乱，檐翘梁挑燕影翻。

村头车满人侧身，半为休闲半为馋。

坡前草明听鸡唱，房后树暗闻猪鼾。

入厨恭学灶前妇，出手婉拒门外汉。

酸汤咸菜苦荞粑，青椒黄瓜红皮蒜。

鲜椿嫩笋成主打，腌鱼腊肉作拼盘。

新茶细品三杯酽，老酒豪饮一口干。

碗碟渐浅饭盛满，兴致始浓话减半。

脚勤信步田垄行，手臭弃麻壁上观。

121

良宵好景终迟暮，心舒体倦把家还。

扬眉笑言昨日事，俯首应承儿女欢。

闹市高楼江湖远，农家小院天地宽。

2019 年 6 月 12 日于贵阳山临境

## 赞人民功臣张富清

烟尘聚散观流云，闻达方知百岁身；

铭记黄土隐白骨，珍惜蓝天现红旌。

默守初心贵无言，静对往事难有声；

已然千秋是雄鬼，不期一朝成名人。

2019 年 6 月 23 日于贵阳山临境

# 黄文秀

使命沉甸风雨稠，初心如磐芳心守；

青春起舞织壮锦，生命放歌搏激流。

移山愚公齐运力，填海精卫志未酬；

羔羊跪乳知报恩，雏凤折翅难回头。

2019 年 7 月 6 日于贵阳山临境

# 观刘诗昆钢琴演奏会

寿至杖朝手筛糠，指触键盘情飞扬；

金戈铁马卷尘沙，高山流水腾巨浪。

名满天下事桃李，门下阿蒙出栋梁；

钢琴有幸伴琵琶，一曲梁祝诉衷肠。

2019 年 7 月 6 日于贵州师大音乐厅

# 乡趣二首

## （一）露营

都市空气馊，森林清风爽；

暂别蜗居楼，体验篷帐房。

惜命追神仙，舍身饲蝇虻；

痛痒贵自知，何处无虎狼。

## （二）妙田农场

大暑赤日炎，信步惠水南；

黄雀歇绿荫，青荷举红莲。

新蓬皆生色，残苞俱展颜；

妙田引和风，细品需心闲。

2019 年 7 月 23 日记于山临境

# 深山听蝉

**李报德**

信步复来登此山，秋声最响是寒蝉。

何须高叫我"知了"，大海无音泊万船。

友人和《深山听蝉》：

## 知性山水

拾取秋声是天籁，信步登山佳作来。

高叫"知了"不知命，百川万里奔大海！

2019 年 9 月 18 日

友人和《深山听蝉》：

## 玉树临风

潜入山林万木森，云断水穷失路径；

高调"知了"君莫信，秋来寒蝉皆悲声。

2019 年 9 月 18 日

# 重阳

光阴何太速？秋风送重阳。

人老喜庆少，此节最凄惶。

*己亥九月初九山临境*

# 养老保险处二十年感怀

筚路蓝缕入山林，浑然如梦疑此身；

廿载坚守岂烂柯，一夕化蝶问初心。

孜孜苍生盼雨露，矻矻宏业演雷霆；

满目青翠数栋梁，可慰如来可慰卿。

*2019 年 9 月 21 日记于观山湖*

# 我的祖国叫中华

## ——庆祝新中国七十周年华诞

我的祖国叫中华，

幅员辽阔美如画。

北国雪原走骏马，

南海碧波涌鱼虾；

西域风情铺丝路，

东方灯火连彩霞。

五千年文明代代传，

九万里河山处处佳。

神州一派好光景，

冷对西风笑昏鸦。


我的祖国叫中华，

人口众多家业大；

饱受苦难求辉煌，

历尽艰辛齐奋发。

改革开启新时代，

开放催绽满园花。

七十年华诞颂过往，

十四亿同胞演神话。

民族复兴阳关路，

独步世界向天涯。

2019 年 9 月 27 日于贵阳观山湖

# 赞第九届世界军运会开幕式

湖北不需吹，九头鸟扎堆；

军运办盛典，武汉领头飞。

百国健儿来，军旗相依偎；

三镇楼染彩，两江波映辉；

装点汉阳树，舞动蛇与龟。

惊艳开幕式，当世难企追。

妙用声光电，巧借水火媒。

驾驭高科技，展现奇秀伟。

聚焦主会场，演绎和为贵。

华夏文明史，悠长有年岁。

地博生万物，源远展千媚。

泱泱大国风，浩浩长江水。

薪火代代传，繁衍祖祖辈。

顺势天地广，和合田畴醉。

伐战善攻心，兵法五车累。

止戈方为武，铸剑犁边陲。

把酒问青天，明月自相随。

丝路撒花雨，驼铃传宇内。

史册至现代，浸透血和泪。

催生共产党，浴火铸军徽。

黄河腾巨浪，红旗卷风雷。

洗净屈辱史，挣破铁帐围。

硝烟终散尽，和平靠捍卫。

东方雄鸡唱，雄狮不沉睡。

揽月上九天，探海穷深邃。

巨轮破浪行，高铁绕场围。

病夫勤磨剑，竞技再扬威。

表现求新颖，刻画入细微。

变幻观无穷，衔接叹奇诡。

圣火水中燃，五洲蒸霞蔚。

火炬照夜空，高塔何壮巍。

冷眼观世界，乱象出鬼魅。

风景这厢好，昌隆永不颓。

江汉起宏图，荆楚有作为。

神州欢声起，赞歌出心扉。

青史添异彩，黄鹤骑云归。

2019 年 10 月军运会期间于贵阳观山湖

## 贺李荣金老人 103 岁寿辰

人生百岁夫如何？若无波澜终蹉跎；
是真男儿能舍己，作伟丈夫当忧国。
百战不屈现忠贞，千秋雄鬼消孽魔；
期颐等闲问龙泉，风萧水寒识巍峨。

2019 年 10 月 28 日于贵阳华联酒店

李荣金老人，1937 年 10 月参加革命。在歼灭张灵甫 74 师的孟良崮战役中是我华野六纵的主攻连连长，子弹从口腔打进，后颈穿出，碎落七颗牙齿，腹部中弹。正准备作为烈士处置时，其通讯员发现其还有一丝气息，将其背了出来。一生淡泊名利，离休前是贵州省图书馆馆长。今天，老人 103 周岁生日，早已经超过期颐之年。精神矍铄，耳聪目明，生活基本能自理，常玩麻将。前来贺寿的晚辈纷纷与百岁人瑞合影，感受生命坚强，人生伟大！

# 庭院秋色

凉风有信秋无涯，尽遣潇洒谱芳华；

泼墨浸染前庭树，挥毫涂抹后院花。

楚楚落叶恋旧木，婷婷枝干蕴新芽；

青红紫黄天作色，自在风景在自家。

2019 年 11 月 1 日于贵阳山临境

# 悼流沙河先生

初读草木识奇葩，钢翅金风越海峡；

《星星》点亮头上灯，字句催开胸中花。

十年锯木汗和血，一生诗情国与家；

米寿驾鹤遗雄卷，长河无尽看流沙。

2019 年 11 月 25 日晨于贵阳观山湖山临境

# 某洋快餐卖撸串

漂洋过海入华堂，席卷城乡设店忙。

老汉自诩家乡鸡，小儿犹知奥尔良。

洗脑攻心难驯胃，酸甜苦辣舌尖上。

放下身段做川味，卖点撸串生意长。

2019 年 11 月 29 日贵阳观山湖山临境

# 航拍贵州

在天上飞，

朝地面看，

奇山异水如梦幻。

城市灯火舞游龙，

田野色彩抖绸缎。

神秘仙境到处是，

人间天堂相交换。

沉醉不知身是客，

一见钟情不思还。

在云上飞，
往底下看，
本色生活自陶然。
阁楼情歌场坝舞，
老酒醇香新茶酽。
火塘吊锅巧手烹，
银饰玉佩金线串。
多彩风情赢天下，
诗酒年华长相伴。

向高处飞，
往远处看，
当代愚公移穷山。
生态建设拔头筹，
数字经济摘桂冠。
路网纵横连四海，
天眼雄崛巡九天。
摆脱贫困前程远，
造就世上桃花源。

2019 年 12 月 20 日于贵阳观山湖山临境

## 松颜诗话新春雅集

意趣相投情相照，隆冬诗友引春潮；

新年新火试新茶，不负韶华庆逍遥。


2020 年 1 月 2 日于贵阳君茗鉴


## 筑城小寒天象

小寒酉时呈何状，长空云海翻金浪；

天机莫测谁能窥？地貌难隐岂需藏。

冰火不容争世界，冷暖无常守风光；

刷屏得来终觉浅，追风逐影取霓裳。


2020 年 1 月 6 日贵阳观山湖

# 周总理祭日再听《绣金匾》

听曲未终肠已断，弓泣弦诉云水间；

三绣金匾织红旗，一声总理湿青衫。

苦撑危局拼瘦骨，痛挽狂澜沥忠肝；

河清海晏终如愿，试问初心几分丹？

2020 年 1 月 8 日于贵阳观山湖

# 海南猫冬（外一首）

天湿地潮路不干，袖手裹足拾步难；

校圈万兽待期终，航托两孩盼云穿。

满树阳光叶正茂，一派春色花未残；

暖风扑面赋小诗，冷眼向洋笑大寒。

# 收明祥弟年货

身处海角思无涯，牵肠挂肚梦有家；

腌鱼豆皮松花蛋，腊肉香肠糯糍粑。

佳节共赏天上月，亲情分享人间花；

快递小哥呼声脆，怀乡大叔泪如麻。

己亥腊月二十六于海南龙栖湾末楼

# 送冬发伉俪离海南

阳光和煦风正柔，时值岁尾年味稠；

奈何高堂喜团聚，不忍鲐背添心愁。

小麻缺角牌难摸，大菜无师勺易锈；

莫嫌天涯路途远，一壶老酒依然留。

己亥腊月二十于龙栖湾末楼

# 紫叶李（四首）

## 一

默守寒冬思无涯，雨水时节轻吐芽；

紫粉淡妆幽香远，摇曳春光入人家。

## 二

信步庭院入花丛，心舒气缓任腮红；

互长精神两不厌，共养浩气是春风。

## 三

红梅初谢紫李开，铁枝柔蕊意难猜；

自在飘零色不改，相约来年春又来。

## 四

惊蛰将临寒风歇，新叶残瓣始相接；

一年花开一时景，万物撩人赏风月。

2020 年 3 月 3 日于山临境

# 鹤冲天·踏青

抗疫宅家，庭院设关卡。

出入"显"数据，"查"绿码。

莺燕动枝头，春光流天涯。

趁绵雨初罢，老幼难捺，融入田园诗画。

柳青桃红，农舍白墙灰瓦。

新渠净无沙，映菜花。

风里山歌牧笛，林下鸡，水上鸭。

炊烟入晚霞。

怎得留下，静候夏虫秋蛙！

2020 年 3 月 18 日记于贵阳观山湖

# 水调歌头·川普甩锅

病毒无国界，作恶有天谴。

偏见固执傲慢，转身遭打脸。

确诊亡灵攀升，丧钟噩梦不断，疫情如风卷。

股市冲泡沫，熔断跌深渊。

乱投医，忙甩锅，移焦点。

鲜耻寡廉，古今中外活久见。

小丑沐猴而冠，选情命悬一线，树倒猢狲散。

神州已无恙，满目是青山。

2020 年 3 月 21 日于贵阳观山湖

# 自嘲

眼底风物心头事，披沙拣金静夜思；

少小离乱识字少，老大奔波读书迟。

寒蝉常咏悲怆曲，贫蛛难吐锦绣丝；

直抒胸臆图一快，李杜苏辛容我痴。

2020 年 4 月 20 日贵阳观山湖

## 漫游云漫湖

天宽地广云漫湖，风清气爽满目舒；

隔岸芦苇吐芬芳，连天碧草含郁馥。

信步搅动七色光，随手拍就五彩图；

夕阳西下不知晚，车田溪畔鲟鱼熟。

2020 年 5 月 16 日于贵安新区云漫湖

## 临江仙·中国珠峰测量登顶

征服巅峰凌绝顶，世间再无高程。身后风暴眼底云。雪域试英姿，冰川测忠诚。

中华儿女壮歌行，志在民族复兴。艰难险阻长精神。山河应无恙，天地任驰骋。

2020 年 5 月 27 日贵阳观山湖

# 北斗颂

2020 年 6 月 23 日 9：43，我国北斗卫星导航星座部署发射圆满成功！

上路先辨南或北，下海须知西与东；

一方水土古今定，万里河山天地通。

网络互联物有灵，智能相争人无踪；

编织北斗察世界，群星璀璨傲太空。

2020 年 6 月 24 日晨于贵阳山临境

# 七言一首

荐蔡顺华乡友演讲集《小狗也要大声叫》：

小狗也要大声叫，巨匠功从细处磨；

表达自如引纵横，沟通得意善捭阖。

才辩无双辩须工，知行合一行必果；

141

出口成章师蔡公，不致时光成蹉跎。

2020 年 6 月 24 日于贵阳观山湖

## 六十述怀

年少困顿不识途，

随波逐流任沉浮。

热血寒冰战场梦，

刀光剑影帷帐图。

换羽学舌仿鹦鹉，

捉笔依样画葫芦。

人生百味一甲子，

试问甘苦有与无？

乙未端午逢六十生辰

和六十述怀

流年顺畅马识途，

上善若水主沉浮。

金戈铁马南疆梦，

功勋伟业名实符。

换却戎装更英武，

医保利民胜悬壶。

辛劳辗转一甲子，

试问挚友何处无？

**先声药业罗兴洪博士和：**

# 沁园春·生日

光阴急迫，甲子添数，何其仓促！把故里别了，浪迹天涯；

春花秋月，忘却寒暑。

辗转中原，黄河滋养，赢取衣冠楚楚。

转罢身，把笔头磨秃，难言甘苦。

人生终究入土。

唯亲情明月永不古。

寻老酒半坛，开怀一醉；

高朋满座，儿孙成伍。

远方祝福，意味深长，当年芳华又重睹。

遥举杯，祭过往征途，心花飞舞！

2017 年 6 月 17 日于贵阳观山湖

# 长相思·生日答谢众亲友

春一程，秋一程，老树悄然添年轮，岁月了无痕。

山一程，水一程，来路渐远归路近，白发暗自生。

风一程，雨一程，军旅生涯蓄精神，心智初长成。

读一程，习一程，数番校园沐甘霖。书香伴远行。

汗一程，泪一程，一入职场庭院深，得失不由人。

低一程，高一程，宦游风光如烟云，放下即清零。

朋一程，友一程，情谊莫过战友纯，谈笑最本真。

爱一程，恋一程，窗前梳妆结发人，忧乐可同频。

养一程，护一程，女贤婿慧知感恩，稚童最销魂。

云一程，雾一程，守住初心忘功名，江海始纵横。

2018 年 6 月 17 日贵阳南厂，次日修改

# 六五初度

岁过甲子马脱缰，去路归程两茫茫；

流水青山遮无计，落叶黄土掩有方。

忧乐相伴春月明，甘苦同行秋水长；

痴心曾许三生缘，傲骨犹存半截香。

2020 年 6 月 17 日于贵阳观山湖

# 试撰三联度春宵

盘弧疾走一元复始春来早

天蓬驾到万象更新喜临门

天道轮回

新年新景新秀多

故土故园故事长

辞旧迎新

天犬虽下岗谨守心中方寸万家甘苦待善举

地豕既上位当识人间烟火百姓忧乐需良谋

添彩纳福

己亥初一于海南岛龙栖湾

# 满江红·战洪图

滔滔浊浪。飞流泄，霆雨嚣张。

奔腾急，万山涌洪，江河汪洋。

水拍长堤闹洞庭，波撼浅圩戏鄱阳。

犹痛惜，泽淖田畴，汤泡农庄。


汛情险，军民挡，

血肉躯，固堤防。

慷慨不惜死，荡气回肠。

内忧外患造英雄，天灾人祸出儿郎。

破晓时，看虎跃龙腾，披霞沐阳。


2020 年 7 月 22 日大暑之日抗洪正酣，美国关我领事馆，记于贵阳山临境

# 沁园春·观美对华制裁

泼皮挑事，流氓约架，拍案惊奇。

挽国运颓势，损人自嗨；

指鹿为马，唬猴虐鸡。

疫情滔天，民怨沸腾，抹黑中国掩心虚。

众多党羽，摇舌鼓唇，只为交椅。

百年未有变局。

观世界大势真如戏。

建小康社会，和平崛起；

初心如磐，矢志不移。

酒茶待客，刀枪迎敌，安践宏图危持戟。

廉颇老，也挑灯看剑，再补征衣。

2018 年 8 月 10 日于贵阳观山湖

# 广场小景

秋来风景并无异，雨后林荫更相宜。

沙砾汇土修修竹，清塘纳泉款款鱼。

曲径深幽通大道，坦途宽远布巧局。

最是栾树看不足，灯笼花开照疏篱。

2020 年 8 月 13 日于贵阳观山湖金阳大酒店

# 七夕

人在尘世星在空，天地相隔灵犀通。

有情未必成眷属，无缘如何随长风。

一蓑烟雨不了情，双肩担当未竟功。

神往浩渺无觅处，魂归故里已龙钟。

2020 年 8 月 25 日晨于贵阳观山湖

# 观影《八佰》

兵败淞沪留酸辛，国破河山皆蒙尘；

困兽犹斗背水战，哀鸿绝唱悲怆声。

守土不退孤臣勇，视死如归壮士心。

四行一役警天下，血肉垒石筑长城。

2020 年 8 月 28 日贵阳麦希影院

# 青柚树

面涩皮糙风雨后，硕果丰实站枝头；

山水云烟眼底过，天地精华腹中留。

身瓣难分骨肉紧，千丝蜜意万缕柔；

出味入药秽除，情满人间香满楼。

2020 年 9 月 6 日花溪国家城市湿地公园

# 麦翁布依古寨

十里河滩秋水长，布依古寨客满堂，

月琴拨动凤尾竹，筒箫吹翻金丝榔。

市民休闲寻安乐，农家劳碌奔小康。

太平岁月千般好，有人负重有人忙。

2020 年 9 月 6 日花溪麦翁寨

# 主席忌日

九月九日长恨天，回闪四十四年前。

野外驻训突刹车，军令如山火速还。

紧急集合哨声厉，森严战备例无前。

哀乐初响悲声起，铁血硬汉泪如泉。

2020 年 9 月 9 日于贵阳观山湖

# 赞一箭九星海上发射成功

乔列星辰志豪迈，移师大海作平台；

一箭腾飞镇波涛，九星散花驱雾霾。

追逐广宇问天行，驻守月宫嫦娥来；

华夏引领世界殊，更有征程云霄外。

2020 年 9 月 15 日贵阳山临境

楚楚相依故乡月

# 涠洲岛放灯歌

海上放天灯，摇曳冉冉升。

明月云纱掩，滩岭静无声。

宽仔奔若兔，弯妹欢如莺。

老妻忙录影，新衣杂酒痕。

驱驰两千里，孤岛洗灰尘。

阖家齐聚首，数番求一成。

辞乡逾四旬，往事俱浮沉。

难抹少年痛，辍学泪倾盆。

难言少年累，赤脚谋营生。

难语少年惑，冻毙为抱薪。

难述少年梦，久旱盼甘霖。

欲学鲲鹏飞，适龄求参军。

江南泥泞地，慈母送出征。

风霜虐营帐，熔炉铸军魂。

塑造世界观，万物循本真。

绘制价值图，金钱粪土轻。

研习方法论，沙场秋点兵。

频入象牙塔，辨识古与今。

高行观天下，低走惜草根。

改革萌新念，解甲似飘萍。

从政路坎坷，官场气象森。

酱缸浸裙带，物腐虫自生。

五斗常折腰，三更多劳形。

情系明镜台，心守莲花清。

羞于夸政绩，社保美如春。

羞于炫职位，愧忝局与厅。

羞于赞人脉，后继多才俊。

羞于留遗产，诗书抵万金。

而今复何求，家和万事兴。

天灯证心迹，飘然精气神。

天灯寄哀思，告慰父母灵。

天灯谢师长，知遇知感恩。

天灯怀故交，珍藏未了情。

天灯浩然起，福佑我儿孙。

天灯送天际，四方波涛平。

天灯存环宇，融入满天星。

天灯终一殁，沧海留温馨。

2013 年国庆节吟于北海，10 月 11 日改成于贵阳

# 清平乐·端午思绪

艾鲜榴红，

龙舟舞雨虹。

陈年香囊花影重，

北望烟雨朦胧。

端午各种滋味。

千金难买一醉。

梦里慈母抚背，

新裹香粽吃未？

丁酉重五贵阳南厂

# 嫁女

离岸岂是忧云帆，芦花苍颜共凌乱。

纵使扬波千万里，从此风雨不同船。

2008 年 3 月 5 日于深圳梅山苑

父亲节快到了。老父亲对女儿出嫁这事一直是念念然的。父亲节快乐？

# 七言绝句一首

一株杜鹃四色花，天赐灵性育奇葩。

最是荆楚春光好，心醉故里忘胡笳。

2016 年 4 月 9 日于武汉

# 送友人

清辉映窗挑灯起，漫翻闲笺愁无绪。

悠悠岁月梦中雨，隐隐相思云上寄。

一捧红豆散尘埃，万家灯火聚诗意。

纵使黔灵挪潇湘，湘江北行难西去！

2016 年 7 月 1 日晨吟于贵阳观山湖

# 清明祭双亲

江南烟云柳色新，天湿地润泪眼昏。

蜿曲堤岸路漫漫，风雨春花落纷纷。

故土长掩慈亲面，久跪难释哺喂恩。

心血和灰化纸钱，穿透阴阳递哭声。

丁酉清明于故里

# 回乡偶书

节庆双重至，乡书往来频，

请柬网上挂，婚庆天下闻。

赋闲终日假，无官一身轻。

高铁犹嫌慢，求快改飞行。

江城迎快婿，故邑娶佳人。

东湖芳草青，西桥鼓乐鸣。

老叟远新派，窃喜筵食盛。

倾杯兄弟谊，换盏手足情。

酒酣耳热后，醉眼常忪惺。

细辨认宗亲，儿女皆长成。

生逢太平景，岁月似流云。

滩头垦荒处，稼禾年年新。

堤岸手植柳，悠然已成林。

发稀秋风戏，枯叶落纷纷。

旧宅木已朽，故道迹难寻。

游走荆江堤，乡愁油然生。

江流永不息，东去静无声，

水鸥翩飞久，积枝暂栖身。

埋首繁华处，只为闻乡音。

2017 年 10 月 10 日

# 卜算子·怀旧

春残几番酒，

花间人影瘦。

开到荼蘼不忍嗅，

情怀终恋旧。

160

无眠岂有梦?

月落晨光透。

心事捋出千千结,

织成相思扣。

2017 年 5 月 18 日贵阳南厂

## 回乡

秋水深长,来自天上也来自远方,

秋波浩荡,出自眼神也出自心房。

秋声悠远,起于故里也起于他乡,

秋色苍凉,现于田园也现于脸庞。

2017 年国庆中秋回乡小记

## 友人和

繁华世界恰如梦,悲喜诗情古今同。

雨过秋水渐生寒，霜染山色别样红。

一花妩媚倾天下，千叶更将万物容。

随风飘散不足惧，要乘青云上碧空。

## 乡愁

楼高难登天，地远易伤怀；

云往南边去，风从北方来。

2018 年 1 月 6 日贵阳山临境

## 参加湖北商会年会

乡里乡亲聚一堂，贵州贵客吐楚腔。

磨洗风尘自相惜，新翻杨柳唱鄂商。

2018 年 1 月 19 日记于新世界山临境

# 水调歌头·又临武汉严西湖

造访希尔顿，暂泊严西湖。

花山百花竞开，芬芳满光谷。

千古泥泞衰草，一朝风月坦途，举世望荆楚。

高新开发区，名高实也符。


淘淤泥，浚长渠，曾记否？

移山垒塔，军中愚公气如虎。

山形水势依旧，芦苇随风飘舞，浮现芳华谱。

陈曲忌翻唱，且听新锣鼓。


注：故地重游，我师一部曾在附近建设施工数年。


# 送春

诗酒趁年华，耳顺学涂鸦。

青涩多鲁莽，殊难兴致雅。

心静方知悟，悟而后能达，

达需善和美，美生笔下花。

历经渡劫后，万事皆虚化；

舍却无用功，天道岂有差？

2018 年 3 月 31 日

## 清明祭

雨湿清明节气寒，孤坟荒草泪不干；

慈容双亲一层土，形影单只五尺幡。

满腔碧血血未冷，半生追梦梦已残；

纸香燃烬化作泥，草色如茵花正繁。

2018 年 4 月 5 日于故里

## 西江月·宜昌

有山有水有江，

宜居宜旅宜昌。

两座大坝锁蛟龙，

打造绝世风光。


何止千峰竞秀？

高峡平湖荡漾。

追风逐电走四方，

点亮神州城乡。


2018 年 4 月 8 日于柴埠溪蝴蝶谷


# 柴埠溪四韵


山连山，十八弯，谷深水浅走雄关；

土家村寨阁楼宽，杜鹃啼归百鸟欢。


关门岩，柴埠溪，千尺缆索上天梯；

神笔峰动舞神笔，无限江山图画里。


虹鳟鱼，腊猪蹄，满天星斗映残席。

一壶老酒已见底，三生话题才开叙。

原生态，花不败，放弃纠结有自在；

此生欲脱红尘外，世外桃源淘真爱。

2018 年 4 月 9 日于长阳清舍客栈

# 临江仙·海南遇寒潮

天垂云低风不歇，

草木依样枯黄。

冷雨袭窗硬席凉。

春寒如影随，

伴我来远方。


人世沧海两茫茫，

寄梦沙滩阳光。

身处天涯心彷徨。

归去无归路，

岁末忧岁长。

2018 年 2 月 6 日晨于龙栖湾

# 清舍客栈

4月9日，战友志刚伉俪陪我清江小住。夷水西陵，圣贤辈出；怀古抚今，忘乎所以。

清江撩情清舍栖，一湾春水满川碧；

逐鱼鸥鹭款款飞，追梦焦距步步移。

屈原诗篇耸九霄，昭君香溪泽万里。

画廊不尽相与期，清影自随清风去！

2018 年 4 月 15 日记于贵阳山临境

# 乡友聚会

聚散终难定，人生如飘萍。

江湖多异客，亲疏常自省。

世态话炎凉，乡愁非浮云；

回望波涛远，楚韵桑梓情。

2018 年 4 月 29 日晨于山临镜

# 中秋

时节隔寒暑，秋气分炎凉。

九天隐孤月，千里抛故乡。

清风乱白发，浊酒掩恓惶。

今夕是何年？从头识玄黄。

2018 年 9 月 24 日

# 登黄鹤楼

岁近重阳寻黄鹤，秋色苍茫云水阔。

琼楼丛生展广宇，银桥座落连珠箔。

千年词章梦中曲，万里长江眼底波。

更有诗仙墨宝在，已还鄂王好山河。

2018 年 10 月 13 日登楼，17 日记于贵阳南厂

# 如梦令·赴中山参加邓铃同志民俗画展开幕式

远方战友相会，

酒酣情绵话碎。

民俗最销魂，

岁月尤堪回味。

珍贵，珍贵，

半个世纪同醉！

2018 年 10 月 23 日凌晨记于中山汇泉酒店

# 告辞 2018

寒流起塞北，温差袭海南。

楼高风雨急，岸低波浪宽。

春秋眼底过，岁月壁上观。

追云泛乡愁，听涛思故园。

2018 年 12 月 31 日于海南龙栖湾

# 元旦寄语

撤走旧符留沧桑，换取新桃祭玄黄；

岁月如流无印迹，年华似水有滥觞。

久俯书山书生梦，初涉诗海诗兴长；

遥知星辰不可追，铁骑雄风忆南阳。

2019 年 1 月 1 日于南厂

# 陪乡友

少小度戎机，归来故人稀；

随遇始飘萍，放任终客居。

梓里结新朋，雅舍设陋席；

醉意非因酒，乡音韵依依。

2019 年 7 月 24 日记于山临境

# 为中华酱酒文化体验馆（65店）
## 贵阳分馆剪彩

黔山贵水酝佳酿，妙手丹心傲群芳；

匠心酱酒匠中匠，乡情香醇乡外乡。

味甘溯源怀仪狄，品洁正大忆杜康；

人生诗意何处寻？年华如歌频举觞。

2020 年 5 月 19 日醉后于观山湖山临境

# 会校友

校友和战友，交际胜配偶。

战友手足情，校友同窗柳。

共享头上天，同在林荫走。

花前戏春风，月下试牵手。

求知如登山，治学似酿酒。

学问万丈长，专业寸心守。

171

当下高富帅，起初矮穷丑。

犹见天鹅飞，雏时鸭步扭。

心高傲广宇，气盛鄙田亩。

指点天下事，豪情冲牛斗。

青春追风涛，白云逐苍狗。

岁月磨棱角，年华证黔首。

有心谋功名，无方且偷苟。

始知数理化，难敌假恶丑。

眼前路和坎，捉襟直见肘。

出门看脸色，归来闻狮吼。

里外皆负重，身心疲倦久。

离群非索居，孤芳独自守。

忽闻校友会，对镜理篷首。

尴尬如初试，忐忑君知否。

母校大森林，葱笼不衰朽。

落叶自飘零，色泽应还有。

素颜且将就，衣裳穿抻敨。

一声老师好，浊泪湿胸口。

2019 年 7 月初成，修改于 8 月 20 日

172

# 乡聚

年末岁初雪如霜，老友故交聚一堂；

高朋满座九头鸟，酱酒倾情七尺郎。

足下风尘光阴迫，舌尖滋味乡愁长；

抱团犹胜冬阳暖，风华正茂是楚商。

2020 年元旦于贵阳山临境

# 庭院三章（临江仙）

## 一

春光流逝花落尽，此地远离红尘。鹅黄绛紫新长成。燕来悄无语，蝶随似有声。

岁月静好惜光阴，往事无须追寻。历经寒暑领风景。足下有芳草，远处是浮云。

## 二

偏居一隅金阳北，山水临境新城。楼高天低两相映。曲径通大道，碧波汇寰瀛。

飘柳柔丝絮轻匀，池塘青草初生。谷雨时节画中行。国安百姓福，家和万事兴。

## 三

鼠年瘟疫正横行，世界怎生消停。西边风雪东边晴。祈愿菩萨心，眷顾平凡人。

庭院草木皆恋春，何况身家性命。天下苍生互为邻。苦海同一舟，不忍丧钟鸣。

2020 年 4 月 18 日于贵阳观山湖

# 临江仙·怀旧

工农商学兵吏仕，平生从业无数；

身世飘零寻系处。

命中欠富贵，吃喝赚辛苦。

功名难求总遇阻，休羡衣冠楚楚；

男儿豪气朝天吐。

最是故人心，相惜慰寒暑。

2020 年 8 月 5 日于贵阳观山湖

# 咏秋

### 秋风

拂面不寒鬓自衰，欣荣草木妆颜改；

汝我人间皆过客，迎风雏菊次第开。

### 秋雨

天潮云湿频浇汤，点点滴滴话寒凉。

人间岂有忘情水？倾泻无解幽恨长。

### 秋声

鸡鸣犬吠蛙声宏，悉悉唧唧识蛩虫。

人闹水响车马喧，新稻开镰笑语浓。

## 秋月

万里清辉一片月，千古高悬几分欢？

洒向人间都是爱，无限相思守阑珊。

## 秋云

浓罩乌顶压愁城，淡化青烟随流莹。

若无残阳染晚霞，岂有绚彩火样形。

2020 年 9 月 15 日贵阳山临境

滚滚红尘任我行

# 走近多瑙河

2011 年 5 月，应欧盟安排，考察斯洛文尼亚和罗马尼亚社会保障。这是我第四次到欧洲考察。5 月 21 日，借道匈牙利，住布达佩斯多瑙河畔，第一次见到多瑙河，有第一次见到大海般的激动。

走近多瑙河，梦里曾扬波。

布达峻峰耸，佩斯平野阔。

玉水镶玉坠，金汤嵌金箔。

浪拍舟船急，波涌群山缩。

坦荡纳百川，悠然润十国。

万物受滋养，生灵竞相搏。

王朝有代谢，史剧频更幕。

城堡遍地起，皇冠随处落。

教堂比肩立，信众主义多。

雕像备神形，时代赋魂魄。

鞠躬裴多菲，洪钟自由说。

致敬李斯特，琴声在阡陌。

缓步细沉吟，风涛卷泡沫。

蓝色圆舞曲，回旋激清浊。

2011 年 5 月 22 日晨于布达佩斯枫叶酒店

## 兴聚

2011 年 5 月 22 日晚，中国和罗马尼亚两国社保人在蒂米什瓦拉最大的葡萄酒庄园联欢，喝了至少十种葡萄酒。席间，罗马尼亚著名漫画大师康斯坦丁先生为每位宾客速写画像一张。

兴聚庄园欢声频，

佳酿尽倾杯不停。

素描刻画忘形图，

任凭新衣添酒痕。

2011 年 5 月 22 日子夜回酒店路上信口而成

## 和园小吟

柳枝垂万瀑，碧荷盈千田。

180

秋水浸芳草，倦鸟忆流年。

晨起奔全程，暮读书半卷。

京郊一过客，轻声唤和园。

2014 年 8 月 27 日晨练后

# 千岛湖印象

雾蒙蒙雨蒙蒙，

何处辨苍穹？

秀湖秀秋水，

烟墨染长空。

情蒙蒙意蒙蒙

绿岛宜追梦。

缘分可锁定？

灵犀一点通。

山蒙蒙树蒙蒙，

海瑞藏葱茏。

廉吏传高洁，

扑面品清风。

水蒙蒙泪蒙蒙，

锦鲤困池中。

青鱼长五尺，

碧池难化龙。

话蒙蒙语蒙蒙，

浊酒喜相逢。

谈锋尽韬略，

忧乐掩花丛。

夜蒙蒙昼蒙蒙，

独行独呢哝。

纵有万里路，

愿隐千岛中。

2014 年 9 月 19 日于千岛湖润和建国酒店

# 金陵游

挈妇将雏金陵游，友情奔涌大江流。

弄桨秦淮话贡院，问柳扬州羡湖瘦。

紫荆星空识广宇，燕矶夕照观潮头。

犹喜佳朋献佳作，醉翁岂止忆滁州！

2014 国庆假期小记

# 羊年春节假日赴云南走笔

说走就走兴欲狂，老小挤塞喜洋洋。

上车莫辨西与东，百度导航路正长。

彩云之南三番至，满目春花沐阳光。

拥堵十里心需静，乐伴万车奔一方。

洱海净水宜濯足，苍山积雪派清凉。

梅子井坊梅子酒，三碗满上倾酒缸。

稚儿童声胜春晚，雀跃舞步赞满堂。

泡罢天下第一汤，心随海鸥共飞扬！

2015 年 2 月 24 日晨

# 登山

山底桃花山上松，踏青时节访岱宗。

客车九座舞弯道，钢缆一线缠云峰。

不经石阶拄杖累，举步登天总虚空。

点赞弓腰前行者，热汗洒处更郁葱！

2015 年 3 月 25 日

# 乙未仲春曲阜行

## 一

默念天地君亲师，肃穆孔庙语迟迟。

仁礼性善通大道，三极皆治中庸时。

长幼有序成法统，贵贱无度失城池。

颠扑未破夫子语，光彩夺目胜锦丝。

## 二

君子立天地，义利相伴行。

不义富且贵，于我如浮云。

见利而思义，终生宜自珍。

身倚千岁柏，胸涌万古情。

2015 年 3 月 22 日拜谒，3 月 26 日晨草成。

# 海龙囤怀古

筑七百年城堡，

垒九处雄关。

衍三十代子孙，

与四朝周旋。

赚取群山涌翠，

清溪潺潺；

渊腾瑞气

岭无狼烟

晴空旌旗招展。

自古山水通情感。

辟二千里疆土

固万世江山。

遣二十万精兵，

施八面围歼。

遥想天地呜咽，

血色漫漫；

雷霆杀机

英魂嘶喊

灰烟摧毁圣殿。

毕竟"家""国"要转换!

*2016 年 3 月 25 日与友人游世界历史遗产贵州海龙囤有感*

# 国门杂咏（二首）

## 一

丝绸之路长又长，千年风月万里霜。

文明融汇东和西，历史昭曜阴与阳。

举觞邀朋证盛世，鼓乐相随忆沧桑。

大漠不尽落日遥，犹闻驼铃响叮当。

## 二

丝绸之路宽又广，横跨欧亚筑桥梁。

生生不息强国梦，滚滚而来车队忙。

携手共赢长补短，并肩同写辉与煌。

伫立国门情难已，还我青春祛苍凉!

*2016 年 9 月 11 日—13 日分别参拜阿拉山口口岸和霍尔果斯口岸，国门威严，气势恢弘，心潮激荡*

# 五言诗一首

策马蹄生风，林幽意茏葱。

日出云如火，雾散烟入峰。

大汗遗图瓦，小村誉寰中。

惊鸿瞥禾木，长恨水常东。

2016 年 9 月 10 日晨于阿勒泰州布尔津县禾木村。这一带居民称图瓦人，是成吉思汗大军后勤保障部队官兵后代

# 过天山

驱车闯天山，秋深风裹寒。

莽莽五百里，险道岭相环。

蜿蜒复颠簸，坡涌如行船。

渊深探谷底，峰高入云端。

路湿轮吞泥，坎高车喷烟。

窗外云起舞，车内心茫然。

手抖脚急颤，眼直路频弯。

路尽峰连峰，峰峰把路拦。

绝壁立千仞，步移景万般。

回首惊悚处，何止十八盘？

遥想拓路人，前辈英雄汉。

雪水就干馍，铁掌挥钢钎。

打通南北疆，脉动一线牵。

巍峨天上山，苍翠烈士园。

后人享驱驰，勿忘筑路难。

仰止天山路，前方道正宽！

2016 年 9 月 14 日经独库公路过天山，专题记之。

# 忆江南（三首）

### 游坎儿井有感

坎儿井，新疆一奇景。地上清泉地下引，千年工程万世饮。良田绿万顷。

坎儿井，劳工当怜悯。弓身地底手凿顶，兀兀穷年筋骨损。户户少男影。

坎儿井，环保要力挺。幸有源头活水来，白雪不语在山岭。后人当警醒。

2016 年 9 月 18 日于鄯善

# 念奴娇·沙漠

赤地千里，魂断处、黄沙广袤无际。

烈日焦灼，依稀见、曾经亭台楼宇。

烟尘漫天，遮空蔽日，隔断云和雨。

鸟兽绝迹，浩瀚万古沉寂。


丝绸之路再启，建生态西域，如椽巨笔。

唤起愚公，谋进取，治理荒漠戈壁。

植林固草，其功难一役，世代接力。

未来非梦，遍野绿洲红旗。

2016 年 10 月 8 日于贵阳

# 永遇乐·崖州渔港

蟹壮虾肥，贝鲜螺美，撩逗味蕾。渔港早市，桅帆低垂，交易正鼎沸。海洋慷慨，浪里渔樵，总是夕发朝归。近摊肆，计斤较两，皆称鲈鱼堪脍。

途穷日暮，随波逐流，混迹候鸟鼠辈。吃货扎堆，精烹细饪，知己易相醉。末座叨陪，侃天磕地，江山总是点缀。抬望眼，舰队远航，战鹰高飞。

2017 年 2 月 24 日于崖城中心渔港

# 水调歌头·游泉湖

寻春觅去处，有园名泉湖。

碧水楼台曲径，柳色浓似雾。

百花竞相绽放，姹紫嫣红无数，芬芳香如故。

绿地茵茵展，莺飞燕子舞。

走玉桥，踏胶路，行万步。

徐娘妖娆，张致弄乖练腰鼓。

更有佳乐喷鸣，银链狂泻如注，锦绣朝天吐。

峰顶见止水，妩媚我与汝。

2017 年 4 月 15 日于贵阳南厂

# 庐山三咏

## 一

久存庐山恋，今栖庐山巅。

隐形林深处，谈笑网络间。

四海暑气蒸，孤隅何超然。

满目尽葱笼，清凉复清闲。

千溪水涌泉，万木叶参天。

含鄱吞云雾，出霞隐圣贤。

游客过江鲫，观光车满川。

灯火接星辰，牯岭夜不眠。

花径未移春，香炉日生烟。

天造仙人洞，地设白鹿院。

宝树岂止三？胜景如星繁。

登临汉阳峰，群山得尽观。

巨匠鸿篇伴，如椽写庐山。

难摹真面目，学诗不易攀。

## 二

曾羡《庐山恋》，爱意满人间。

解禁涌春潮，街巷广流传。

帅男性腼腆，迟拙惹人怜。

靓女绎烂漫，颦笑频放电。

情窦初开时，青春有盛筵。

水鸣交响曲，岭扣连心环。

国人一段忆，生命一场缘。

影片蕴深意，期盼家国圆。

新风过山峦，偶像竞习染。

翁妇已白头，相依思华年。

当时俏男女，顽孙绕膝前。

岁月无觅处，锦瑟五十弦。

草木有枯荣，秋来英落繁。

久看不生厌，牵手无前嫌。

## 三

感知庐山恋，风云际会间。

百年开放地，温故知新篇。

西风始东渐，传教遍宇寰。

名山招风蝶，租借开新范。

国破民凋残，青山供资源。

别墅连片起，千房不一面。

时代激流卷，风云频变幻。

山小舞台大，史剧常出演。

当朝建国后，庐山入法眼。

湖光赐情怀，山色赋灵感。

数次庐山会，扼腕复长叹。

左右定是非，翻覆识凶险。

逝水已东去，人生本苦短。

江河万古流，渔舟正唱晚。

**2010 年 8 月 6 日至 10 日起住庐山牯岭，12 日初稿于南昌青洋湖**

# 登滕王阁

名实相符滕王阁，瑰丽伟岸称绝特。

一场盛宴催雄文，千古诗坛耀光泽。

少年壮志觅封侯，老气横秋观天色。

高屋建瓴留斯楼，云淡风轻好赏月。

2017 年 8 月 13 日于南昌青山湖

## 周末乐游观山湖

阳关既出天地宽，观云观雨观湖山。

一片城阙千岭秀，四时风爽百业欢。

春莺双飞林幽处，秋鹤孤立浅水湾。

信步当年初勘路，躬身笑让车马喧。

2017 年 10 月 22 日

## 参观诗画小镇

欣见大地披锦绣，七色彩虹落田畴。

寒来暑往云相依，春花秋月风满楼。

人穷有志奔小康，地瘦无悔施远谋。

夜郎肯使愚公力，诗画青山弄潮头。

2017 年 11 月 3 日山临境

## 周末走花溪黄金大道

花溪寻梦境，梧桐已秋深。

霜重林出彩，水静影无声。

落叶满栈道，岁月虚流金。

何处识芳华，云淡风正轻。

2017 年 11 月 5 日

## 满江红·访麻江县药谷江村

天地和谐，醉佳境，悠然自得。

暗香袭，缤纷锦簇，怒放如烨。

九重霞彩妆旷野，一岭诗画胜宫阙。

苗乡女，巧手夺天工，添国色。


帮扶路，难磨灭。苦寒状，心欲裂。

花丛引蝴蝶，万千情结。

风生水起云穷处，因势利导民富策。

且徐行，观景寻芳华，拾岁月。


2017 年 11 月 7 日凌晨于丹寨万达小镇龙泉客栈


# 周末游园


一场繁华一场梦，不现凋零不显容。

金银散落卷枯叶，锦绫簇拥屹劲松。

霜来病树成朽木，运去聒鸦伴哀鸿。

若无初心含朱丹，焉有寒妆血样红。


2017 年 11 月 24 日于山临境

# 雪乡之晨

身随神往奔雪乡，银天玉地彻骨凉；

一片冰心付林海，落雪成金非寻常。

晶莹只应童话有，玲珑何须巧手妆。

高洁世界弃珍宝，且留初衷深处藏。

2017 年 12 月 2 日中国雪乡森林公园

# 雪乡之夜

雪乡之美岂止晨？夜幕降临起喧腾。

灯红酒绿炫奇彩，南腔北调俏佳人。

漫天飞雪撒花雨，落地鼓点注豪情。

篝火燃烬笙箫默，温柔万家护良辰。

2017 年 12 月 3 日追记于亚布力

# 亚布力

锅盔山上雪满地，苹果改称亚布力。

白练高悬勇士梦，雪杖轻扬神翼举。

飞驰直落三千丈，豪气冲天五尺躯。

时光倒流若可寄，跟风逐电追着去！

2017 年 12 月 4 日亚布力滑雪场

# 雪乡林海

欲识冷峭状如妖，头顶貂毛脚装刀；

雪冻三尺犹可测，冰封千里寒气高。

云生雾起茫茫路，践珠踏玉颤颤腰；

欣喜山川蓄春水，来年江河在林梢。

2017 年 12 月 4 日亚布力温泉酒店

# 雪域行

行走北国领冰凉，凛冽如刀气凝霜。

悬冰三尺入骨寒，积雪九重扑面僵。

江河止水走车马，峰岭寂木行阴阳。

挈妇将雏迷茫路，心存郁葱是吾乡！

2017 年 12 月 9 日记于贵阳

# 游柴埠溪

幽谷百里连天宇，钢缆千尺接云梯。

奇峰聚丛扮世相，怪石脱单演神奇。

关门开岩嵌明珠，泉洁水冷吐鳟鱼。

残春留痕似有心，炊烟起处魂无据。

2018 年 4 月 10 日于长阳清舍客栈

# 访右二村

追寻芳菲走山村，醉卧农家听柳莺。

三方水色四月天，五彩民居一片春。

正襟危坐麻将客，面酣耳热饕餮君。

珍享田园康乐景，信步闲庭观风云。

2018 年 4 月 29 日于贵阳山临境

# 畅享石阡温泉

黔地无夜郎，石阡有神汤。

流泻松明山，凌驾龙川江。

名曰古温泉，座落老地方；

曲径通幽处，温柔富贵乡。

一洗净皮囊，二泡体生香；

三淋松筋骨，四蒸通五脏；

六神稳血压，七窍润肚肠。

八面致舒爽，九体话健康。

濯足奔泳池，纵身双臂张；

伸仰舒腰腿，吞吐激胸腔。

不知迟与暮，聊发少年狂；

举目观华灯，碧波映吉祥。

笙歌平地起，楼台接大荒；

妩媚风情街，繁荣都市妆。

天造地设功，承前启后忙；

先贤遗圣洁，子孙继芬芳。


2018 年 5 月 4 日石阡温泉度假酒店


# 七言二首


### 梵净山印象（其一）

百里绿荫千层芳，一缕月色疏如霜。

峰高枝寒滴甘露，谷深地暖化溪江。

猿戏山林抚金丝，人隐窗槛卸红妆。

梵天着意施仙境，净土多情驻春光。

## 梵净山印象（其二）

登山初喜天阴爽，转瞬风推云卷浪。

疾驰运巴惧雾沉，徐行缆车忧索长。

玄冥直降倾盆雨，雷霆横扫人落汤。

始信净土无妄语，濯涤身心入道场。

2018 年 5 月 22 日于梵净山云可达酒店

# 漓江情思

驱车游桂林。傍晚微醺漫步岸，兴致盎然。

山隐葱茏外，云现碧波里。

拾步灯影碎，临风听水起。

梦难识缘由，情不知所以。

佳人非迟暮，只是少言语。

2018 年 6 月 6 日晨于桂林

202

# 阳朔印象

眼前雄峰列阵，

足下玉带迤逶，

春江着墨云添色，

神会陟陂崔嵬。


四季五颜六色，

柳暗花明莺飞。

阡陌弯曲炊烟直，

牧笛吹散余晖。


人在画廊徜徉，

情陪佳梦伴随。

进得天堂即是仙，

相顾互赏妩媚。


虽是天造地设，

尚需精描细绘。

若无乡愁驻心头，

难识阳朔山水。

2018 年 6 月 9 日追记于贵阳观山湖

# 栖霞三题

## （一）拜诗

下济苍生上通神，
千年香火气象森。
宝殿庄严隐玄机，
金莲璀璨现真经。
佛院僧众策法轮，
名山帝王走马灯。
凡夫俗子无可问，
难修最是平常心。

## （二）游山

卧龙伏虎凤翔峰，
栖霞雄踞金陵东。
始皇临碑赫赫在，
六朝胜迹路路通。

大江横阔万里帆，

小径纵深千古松。

长风吹乱调色板，

青绿橙黄褐紫红。

## （三）红叶

摄山红叶天下闻，

直呼彩霞栖此身。

秋去冬来萧瑟时，

丹枫如火艳似云。

霜重枝零笑梧桐，

金玉散落哭银杏。

若无春夏蓄血性，

岂有赤色惊世人。


2018 年 6 月 20—24 日，短暂造访栖霞山、苏州古城。29 日作于贵阳观山湖

# 苏州三咏

## （一）平江路

桨声灯影十七桥，五尺乌篷一橹摇。

四面沧桑千年史，三村弱水万里涛。

名仕红粉著风流，状元府邸自清高。

宽街窄巷霓虹闪，浅酌低唱泛新潮。

## （二）拙政园

仕途多舛志已休，归去来兮置田畴。

前朝总被今世辱，旧官常遭新吏羞。

遍植松梅秋风劲，尽邀风荷夏雨稠。

吴侬软语意难会？一曲评弹听到头。

## （三）狮子林

精巧天然本剔透，威服众生狮子吼。

祸来杯底起风波，运去天子不自由。

假山识得真面目，一禅放下万种愁。

谨劝林中往来者，敬畏神明休觅侯。

2018 年 6 月 26 日贵阳南厂

# 黔地西行

## （一）韭菜坪

花海超然九千重，奇葩铺陈万顷红。

不在寒暑争芳艳，自将颜色付秋风。

纤尘难染韭菜坪，浮云易遮乌蒙峰。

寻访神灵识仙草，渡尽劫波始相逢。

2018 年 8 月 31 日于毕节洪山宾馆

## （二）百草坪

高原草甸绿满川，蓄坡养泉牛羊欢。

长风吞吐浩然气，闲云舒卷艳阳天。

百草如茵始洪荒，一柱破天著新篇。

生态原是本色好，金银来自好河山？

2018 年 9 月 1 日于威宁郎玉宾馆

### （三）草海

一泓碧水起云天，静卧威宁养朱颜。

栖息青海千般鸟，孕育乌江亿万年。

志似惊鸿观沧溟，身化游龙舞群山。

守住初心无瑕疵，方证清白在人间。

**2018 年 9 月 2 日于威宁**

### （四）草海遇雨

草海泛舟陶然行，风如疾马雨倾盆。

气定神闲舱内客，变幻莫测天外云。

一身尘土任浇洗，满腹牢骚慎发声。

正置云水苍茫处，静对风雨笑对晴。

**2018 年 9 月 2 日于昭通紫光宾馆**

### （五）石门坎（其一）

峰峻谷险路崎岖，石门坎坷芳草萋。

千古传奇情悠悠，百年沧桑韵依依。

兴学授道布福音，励新革陋相传习。

当年遗迹斑斑在，一代风流何处去？

## 石门坎（其二）

改朝换代新世纪，扶贫鼓角连天起。

苗乡幸得庙堂帮，频呼风来勤唤雨。

坡上松柏隐陈香，村头喇叭奏新曲。

移民小镇国旗飘，康庄大道当通衢。

2018 年 9 月 1 日于石门坎乡

## （六）白刀崖远望

秋高气爽走乌蒙，千回百转意从容。

一派生机三山外，四野锦绣八面风。

青山慷慨六畜旺，绿水妩媚五谷丰。

故地重游辨陈迹，天道酬勤赞伟功。

2018 年 9 月 2 日

## （七）自驾梅花山

天路高高挂峰峦，云中走来雾里穿。

起伏难料转折多，胸无沟壑地自宽。

2018 年 9 月 3 日于六盘水

209

## （八）三线建设博物馆

五十年前风云动，一代英豪聚黔中。

筚路蓝缕启山林，砥砺歌行开鸿蒙。

好人好马上三线，群策群力从一终。

天降星辰化新城，共享欣荣忆光荣。

2018 年 9 月 3 日于六盘水盘江宾馆

## （九）乌蒙大草原

壮哉乌蒙大草原，芳草布毡碧连天。

山横晴空坡走马，水泊湿地波留颜。

寒暑相连观星月，春夏不分赏杜鹃。

云彩飘过佛光照，忘却宠辱即是仙。

2018 年 9 月 5 日于七彩蜗牛房车营地

## （十）满庭芳·六盘水野玉海悬崖酒店

群山之巅，胜庐高悬，云雾缭绕其间。

诗意栖居，赏风月无边。

佳偶相约，秀恩爱，别开生面。

有道是，良辰美景，峡谷气象万千。

点赞！

野玉海，天空之恋。

人世间，贵在风雨陪伴。

休言芳心锦书，满目是、过眼云烟。

抬望远，银发眷侣，谈笑把家还。


2018 年 9 月 3 日游历此处，十天后记于贵阳


# 渔家傲·逛成都（三首）


## （一）春熙路太古里


万商摩肩楼挨楼，

美女擦踵头碰头。

当年兴致何曾有？

尘封久，

回味寻找龙抄手。


对面街区灯火透，

祥云暮色夜如昼。

酒吧歌厅时装秀，

休相凑，

末路途穷人还瘦。


### （二）鹤鸣茶社

风花雪月几席话，

家长里短一壶茶。

秋色堪比春光好，

且坐下，

鹤鸣湖畔嗅桂花。


蓉城气度何优雅，

热血情怀国与家。

出征群雕载佳话，

威风煞，

壮士此去即天涯。


### （三）宽窄巷子

宽云窄雨巷子长，

东张西望路茫茫。

满目繁华欲何往？

辨端详，

牌坊匾额有文章。

三条胡同识故里，

四合院落忆远方。

紧锣密鼓悠悠唱，

讲哪样？

酒醒方知梦一场。

2018 年 9 月 16—18 日到成都美领馆等候旅游面签，顺便逛逛。28 日作于贵阳南厂

# 国庆夜游重庆两江

国旗漫卷耀高墙，灯火辉煌罩大江。

游人喜庆似潮涌，车马撒欢如脱缰。

欣逢盛世三生幸，静守初心一缕香。

坐六望七百年梦，乘风破浪思远航。

2018 年 10 月 8 日贵阳南厂

# 拜孙中山故居

开天辟地盖世功，翠亨村里觅影踪。

英雄自古有出处，丈夫从来不言空。

笃学修身睦家室，博爱廉洁唤长风。

伟人遗训今犹在，天下为公警世钟。

2018 年 10 月 24 日于中山

# 观邓铃画展

中山人杰地且灵，百年风云系己身。

岭南文化多瑰宝，乡土民俗藏珍闻。

情注纤毫拾胜迹，力透纸背现精诚。

小品鸿篇意无穷，岐江神韵城之魂！

2018 年 10 月 24 日于中山汇泉宾馆

# 通车日参观港珠澳大桥

海湾走弦意何如？伶仃洋上现坦途。

一百里连港珠澳，三千天创世界殊。

长鲸戏水镇波涛，游龙飞天起宏图。

经络畅通车流涌，血脉偾张唤屠苏。

2018 年 10 月 25 日于 D212 次动车上

# 牂牁江怀古

峰峦叠嶂傲蛮荒，南夷拓土媲炎黄；

牂牁千年共水生，春秋万载同兴亡。

洪波斩劈入雄关，慷慨悲歌出夜郎。

十里赤壁著青史，一泓碧波抹残阳。

2018 年 11 月 11 日于云上牂牁

215

# 江城子·牂牁江飞滑翔伞

词林正韵

老夫聊发问天狂。夜郎梁，牂牁江。千米高空，纵横任翱翔。追日驭风轻似燕，云在下，伞朝阳。

万金难买志情长。进坟场，又何妨？物我两忘，依旧少年郎。气爽神清任俯仰，天行健，自刚强。

2018. 11. 11 于六盘水牂牁镇

# 儋州三章

## （一）洋浦古盐田

千古盐槽万亩田，玉盘错落海相连。

潮起无穷化天工，纳取有度系人缘。

褪净淤泥晶如雪，晒干浊水洁如绵。

世上滋味千般好，始知苦乐与甜咸。

## （二）海花岛

移山填海当世雄，一片新楼环球风；

有心种花见手笔，无意插柳识心胸。

似是而非假整改，化虚为实真投工。

雷声震耳雨点小，房价飙升又一峰。

## （三）热带植物园

千顷绿浪和风薰，万木葱笼气象森。

天遣祥瑞护高枝，地催氤氲育深根。

奇花幸得有人识，异草长忆知遇恩。

娓娓道来心欲醉，知性植物最含春。

2019 年 1 月 4—6 日于龙栖湾

# 成都之夜

锦江夜泛琥珀光，府南旧事柳枝扬；

街头显隐尽酒色，巷子宽窄皆笙篁。

流连略知暮气重，徘徊倍感清风长；

呢哝不语兴亡事，心随明月到汉唐。

2019 年 5 月 22 日于蓉城天仁大酒店

# 临江仙·广元南河暮色

芦苇轻颤晚风吟，夕阳西行留痕。巴山蜀水何所拟？无峰不彩云，有溪皆清澄。

每临黄昏忘夜曲，难惜余晖光明。佳境迟暮亦销魂。景自眼底起，相由心头生。

2019 年 5 月 24 日于四川广元万达酒店

# 剑门关

千年栈道状盘桓，万尺壁仞接云天；
危乎高哉惊太白，险之悬矣愁猿玃。
眼底烟尘易归土，心头忧乐难撼山；
金戈铁马湮何处？秦砖汉瓦剑门关。

2019 年 5 月 25 日于四川广元万达酒店

# 翠云廊

驿道漫漫蜀天阔，王气森森汉时柏；

遮天蔽日起翠云，盘根虬枝舞婆娑。

百里绿荫万棵树，千幅画卷一片歌；

历经劫难守郁葱，沧桑留与青山说。

2019 年 5 月 26 日于陕西汉中翔龙酒店

# 汉中三题

## （一）定军山

穿云走马入平川，十二峰链定军山；

宝刀不老黄忠在，三分天下启开关。

## （二）古汉台

汉地城郭汉家楼，无限江山皆神州；

千秋宏基足下土，万世一流韵悠悠。

### （三）汉江湿地

秦岭休拦志在东，远古明月汉唐风；

融入长江路三千，秋波撩人是汉中。

2019 年 5 月 27 日于汉中至西安高铁车厢

# 谒武侯墓

蜀相静卧定军山，壮志未酬人未还；

三分鼎立计权宜，二表师出忧偏安。

鞠躬尽瘁先后主，淡泊明志天地宽；

坟满芳草连旷野，碑挺朴木入云端。

2019 年 5 月 28 日追记于西安凯莱酒店

# 游日遣兴（一）

西出东瀛万里风，空客载我云霄中。

齐眉晚霞红似火，绕膝稚童青如葱。

家山已远扶桑近，波涛渐隐暮雾浓。

休提当年平蹈志，走马观花学仙翁。

2019 年 8 月 6 日于大阪丽都酒店

# 旅日遣兴（二）

大阪不易觅新楼，小巷随处是旧州。

环球影城玩科幻，梅田商区赏灯秀。

美食美艳不忍食，超市超炫难细购。

遥羡三月春光好，樱花如瀑满陌头。

2019 年 8 月 7 日于大阪至京都途中

# 旅日遣兴（三）

风尘最宜温泉洗，乘兴夜宿滨名湖。

三分月色现水底，四面湖光隐火炉。

男女相隔皆裸体，老幼互戏尽赤露。

上下通透沐泡始，内外舒张妄念除。

2019 年 8 月 9 日于日本静冈滨名湖温泉酒店

# 旅日遣兴（四）

无峰不可攀，今登富士山；

林涛随风起，云海逐浪翻。

孤高傲天地，独立邈河汉；

雾纱掩真容，壮丽难直观。

春来樱花繁，夏至暑消散；

秋天枫叶红，冬季戴玉冠。

腹中蕴岩浆，千年三涅槃；

地壳隆一隅，东海挂玉扇。

秀美凤抬头，沉静龙在渊；

大和民族魂，引以为自然。

中华文明久，世代相浸染；

文字兼习俗，依稀如乡关。

一衣带阔水，风波终难逭；

明月清风顺，兵戎血腥惨。

近代侵略史，无人不扼腕；

殷殷郊原血，历历伤情感。

信口任雌黄，闭眼来护短；

旧仇伤天理，积怨殊难缓。

当如富士山，坦然天地间；

吞吐浩然气，凝结英雄胆。

拥抱全世界，矫正历史观。

中日共携手，扬波举风帆，

对话已重启，天道胜海宽。

驻足五合目，芳心入云端。

老朽堪何用，登临无须掺；

谆谆诫后人，友善换长欢。


2019 年 8 月 8 日登山，次日吟于万泽温泉别草旅馆

# 旅日遣兴（五）

**调寄忆江南**

自由行，

乡村最空灵。

农家水暖有香浴，

田园风凉无纤尘。

神清气自宁。

自由行，

美食最诱人。

肉禽鱼虾蔬果奶，

色香味形冠绝伦。

吃货非虚名。

自由行，

何以慰风尘？

人生易老怀家国，

秋月无边养精神。

走好每一程。

2019 年 8 月 10 日于横滨蓬莱町

# 旅日遣兴（六）

### 观东京花火大会

贵阳翁媪逛东京，闭口张耳健步行。

楼似群峰店如海，人胜涌潮车比云。

囊中羞涩物价狠，市声鼎沸业态新。

不甘迟暮候灯火，心花怒放江户城。

2019 年 8 月 11 日于镰仓海滨

# 日本美食之一

### 壹兰拉面

豚骨久熬至黏稠，咸蛋慢煮待半熟；

筋粉纤细丝丝爽，瘦肉嫩滑片片柔。

分享隔板送空间，应答卷帘递需求；

寻常拉面工匠心，不信食客不回头。

2019 年 8 月 16 日记于贵阳山临境

# 日本美食之二

## 西江月　寿司

鲜亮五颜六色，

搭配七荤八素。

刺身海苔裹米饭，

佐以芥末酱醋。

风靡大街小巷，

滋养千家万户。

档次差别乘倍数，

吃货按捺不住。

2019 年 8 月 18 日记于贵阳山临境

# 东瀛三寺

## 东大寺

匠心不凡木可雕，六十八寺堪称豪。

芳甸驻足戏灵鹿，经坛沐手受戒条。

大师东渡始凶险，众生西盼终化桥。

长风千年久不衰，明月万古同相照。

2019 年 8 月 12 日于名古屋机场宾馆

## 清水寺

涓滴之恩涌泉报，姻缘交由神仙挑。

千手观音万民求，清水舞台钟常敲。

虔诚求签三番读，恭敬焚香四季烧。

适逢七夕鹊桥通，音羽山上数蛮腰。

2019 年 8 月 12 日于大阪城天守阁

### 浅草寺

身居闹市人如蚁，风火雷门受供祈。

依星伴月五重塔，遮天蔽日三幡旗。

神殿森严卜吉卦，人间烟火布长席。

江户风情今犹在，浅草终能没马蹄。

2019 年 8 月 13 日于归国航班

# 再登海龙囤

平水韵

海龙囤设九重关，垒陡峰高百道弯。

雄坎千年今尚在，英豪万古誉刁蛮。

江山归统须观势，家衍城池莫吝悭。

断壁残垣繁华远，遗金落玉水云间。

2019.10.13 于海龙囤

# 重访湄潭

湄江扬眉展深潭，茶海抒波汇象山；

四季风尘万顷绿，百年沧桑千层丹。

老城渐没精魂在，新区迅起体量宽；

访农不再问桑麻，尽倾天壶茗中观。

2019 年 10 月 12 日湄江桥头

# 重游小七孔

石潭林洞瀑边树，花鸟鱼虫湖岸苇。

波光水色易迷眼，步移景换难迈腿。

和风送爽青草香，秋色染翠红叶美。

自然遗产惊世界，故地重游共妩媚。

2019 年 10 月 16 日重游小七孔，28 年前曾参与该景区规划论证

# 小七孔之歌

黔南的山荔波的水，

小七孔如画风光美。

六十八叠溪流抖动彩绸，

三十二里河滩镶嵌翡翠。

森林葱葱水中挺立，

芦苇依依岸边相随。

卧龙潭里祥云升起，

鸳鸯湖上情歌陶醉。

哦，小七孔，地球上的绿宝石，

大自然的奇与伟。


黔南的山荔波的水，

小七孔如诗生态美。

四季春光护佑原始植被，

七色花朵装点野性芳菲。

激光抒情凌空曼舞，

高铁载客贴地疾飞。

古镇灯火竞秀霓虹，

新街游人含笑扬眉。

哦，小七孔，各民族的热土地，

大中华的山和水。

2019 年 10 月 16 日作于荔波至贵阳路途中

# 景山随想

一株干枯的丁香，一树无花的海棠；

一片嵯峨的宫殿，一段错落的围墙。

一圈带血的火光，一位悲摧的皇上；

一棵槐树的歪枝，一个王朝的消亡。


曾经的锦绣江山，过往的国富民强；

剽悍的关宁铁骑，忠诚的皇家护仗。

刹那间灰飞烟灭，不经意皆成虚妄；

数百年苦心经营，糟践于一群草莽。


一段蒙羞的历史，一曲哀婉的词章；

一团过眼的云烟，一抹西沉的残阳。

一坡带霜的古柏，一湾素净的垂杨；

一丛含刺的玫瑰，一株不死的丁香。


2019 年 12 月 14 日于北京贵州大厦


# 茶乡纪行（四首）


## （一）桃花江

碧波十里两岸青，桃林千顷万树红；

雨后油菜镀金辉，明前清茶润玉容。

田园诗画悠悠展，乡野生趣处处浓；

仙境还需心境造，膝下稚童追春风。


## （二）湄江岸

静水深流湄江岸，疫情复工两相缠；

商铺八九已闭户，游客仨俩未开颜。

日上柳梢风送暖，月下花丛气还寒；

老友相逢忧年景，新茶行情不如前。


## （三）茶海之心

绿波连绵茶如海，青云氤氲香入怀；

村落翡翠天作色，田野锦绣人剪裁。

桃心桃林桃花开，山顶山风山歌来；

胸中块垒新茶浇，疫情往事化尘埃。

### （四）洞穴探幽

投疫困家忧孩童，出行放飞离樊笼；

荒郊野洞幽幽然，赤子初心萌萌动。

手牵枯藤惊蝙蝠，足涉静水扰鱼虫；

深暗莫测护火种，光明终在天地中。

2020 年 3 月 21—22 日走湄潭凤岗，25 日记于贵阳观山湖

# 伫立海棠湾

海棠湾里酒店多，高端神秘排排座；

一宿六千已打折，房间八成有灯火。

老夫踟蹰正茫然，跑车招摇呼啸过；

先富起来慢摆阔，我等加油已蹉跎。

己亥年正月初三龙栖湾

# 溪流

## ——游走张家界大峡谷

滴滴答答渗珠露，淅淅沥沥成涓流；

纤纤细细起微末，大大方方有追求。

哗哗啦啦齐争先，滔滔汩汩皆恐后；

轰轰隆隆宽处走，跌跌撞撞不回头。

粼粼闪闪波光美，悠悠然然载轻舟；

坦坦荡荡达江海，潇潇洒洒天地游。

2020 年 5 月 2 日于纳百利度假酒店

# 黄石寨

洪波巨澜漉狂沙，天造奇峰壮人间；

黄石寨上足生云，张家界顶出神仙。

方圆百里处处景，纵横千仞面面观；

苍颜劲松两相醉，不问前程问河山。

2020 年 5 月 4 日张家界纳百利假日酒店

# 水调歌头·天门山之路

（词林正　韵）

奇壁立重仞，怪石垒鸿荒。

雾流云锁蒸滞，氤郁演风光。

洞启崖门通畅，难煞神工巧匠，天地识端详。

远顶绝飞鸟，攀附断愁肠。

起蛮古，观兴盛，历沧桑。

清高冷峻，明镜悬望众生相。

九百九层天路，三十六关开放，坡路曲环长。

巨手挥如意，妙笔著诗行，

2020.05.05 于铜仁朱砂酒店

# 肇兴之夜

芦笙悠远民族风，华灯初上鼓楼红；

行歌坐月传天籁，击掌伴舞邀佳朋。

闺房蜡染拦路酒，稻田鲤鱼糯米粽；

仪态万方侗娘媚，滋味百搭酸汤浓。

2020 年 6 月 25 日端午节于肇兴侗赏酒楼

# 登堂安梯田

浩然之气何处来？青山满目风入怀；

一派绿涛接地生，万顷碧波连天外。

高峰方能识锦绣，低洼只配积尘埃；

腰腿常用筋骨健，血汗勤浇心花开！

2020 年 6 月 26 日肇兴侗赏酒楼

# 肇兴吊脚楼观雨

沉云倾天水，浓雾腾地气。

门前小河满，房后大山虚。

钟楼遭瓢泼，花桥受浇洗。

疾风穿林梢，凶悍如卷席。

闪电催惊雷，鼙鼓震寰宇。

乱鞭抽阁楼，莽夫刀枪举。

横行过街市，惊马起乱蹄。

直落垂檐高，注泻池塘低。

斜侵玻璃墙，歪打竹木篱。

锣钗喧嚣响，弓弦拨弹密。

呼啸砸锅盆，嘶吼摇令旗。

落叶卷空巷，低枝扫浊泥。

抑顿低吟罢，俄顷高潮起。

初闻似欢声，倾心疑掩涕。

滔滔如宣示，窃窃送私语。

铿锵转悠扬，轻柔夹促急。

侗寨巍巍然，饱经风和雨。

四面无数山，偏居此一隅。

茹毛饮血后，刀耕火种继。

237

抱薪难御寒，忙织不遮体。

求神祈田水，望天收稻米。

往事越千年，今朝行万里。

各族竞风流，侗人潮头立。

惠民新政至，古寨焕生机。

小径成大道，大道已通衢。

八方颂惊艳，四海存美誉。

烹我日常饭，织我平时衣。

吟我相思调，穿我赶山履。

米酒醉天下，节庆邀邻里。

游人远方来，宾朋如蜂挤。

青山献金银，生态创富裕。

端午逢甘露，挥洒见飘逸。

滋润农家乐，泽被稻田鱼。

浇灌庭院花，催唤坡土犁。

丰歉衣食在，旱涝难相欺。

骤雨初方歇，装扮知几许。

余晖透清岚，满目翠欲滴。

涓流归江海，僻壤怀社稷。

窥斑见全豹，复兴飞鸣镝。

乡村赞美诗，时代洪波曲。


2020 年 6 月 25 日端午节肇兴遇雨，6 月 29 日吟于贵阳观山湖

# 石头寨

石头坡，石头寨，石径石阶石坊牌；

石柱石墙石板瓦，石碾石碓石灶台。

石头旮旯找口粮，石头缝隙寻瓜菜；

血汗合泪洗石头，磨损一代又一代。


春风里，春花开，扶贫春潮正澎湃；

安居闹市进高楼，迁离穷乡脱苦海。

新村告别旧生活，旧宅转换新业态；

废墟荒凉写传奇，石头村寨做买卖。


老面貌，内囊改，有品有味有气派；

酒吧泳池禅意坊，帐篷联网海内外。

梦境生活相呼应，返璞归真求自在；

匠庐村晓木葱茏，无边风涛听天籁。


2020 年 8 月 15 日于安顺镇宁匠庐·村晓

# 旧州随想

旧州遗韵碧水流，古巷沉香绵绣楼。

遥忆当年气如虎，边关万里觅封侯。

身后功名浮尘起，山里江南彩云留。

河岸芳草正萋萋，芦花笑我也白头。

2020 年 8 月 16 日于安顺旧州镇

# 谒地坛

皇天后土设地坛，金釉青瓦七色幡；

夏至阳盛天子祀，宫廷仪宏黎民观。

恩惠四海祈雨顺，威震八方求路宽；

流年暗换帝王远，登临未敢忘河山。

2020 年 9 月 26 日于北京和平里

# 雍和宫

护城河畔琉璃群，终日氤氲气象森；

藏传佛地蓄喇嘛，皇家寺院供诸神。

举头三尺知敬畏，俯身九拜递虔诚；

善男信女如蜂拥，香火绵绵不断魂。

2020 年 9 月 26 日于北京和平里

# 疫情难敌诗兴长

## ——抗疫诗词选

# 年关

冠状病毒刷满屏，

凶疫蔓延药不灵；

春运春潮春已近，

败年败节败心情。

一年好景易招损，

九省通衢难封城；

天佑苍生呼华佗，

妙手回春唤神明。


注：此诗刚写完，下午宣布封城。

2020 年 1 月 22 日于海南龙栖湾

# 沁园春·阻抗

豕鼠交替，病毒冠状，瘟疫侵华。

叹武汉三镇，一夜肃杀；荆楚胜地，纷乱如麻。

团聚佳期，扩散难察，凶神恶煞祸天涯。

孰难忍，无常索命，辣手摧花。

同在祖国檐下？

十四亿苍生是一家。

赞上下同欲，坚韧不拔；运筹帷幄，铁掌丹砂。

三军领帜，九州协力，赴汤蹈火你我他。

切莫要，在井底观天，聒噪呱蛙。

庚子正月初二于海南龙栖湾

# 望江城（长相思）

龟山暗，蛇山暗，

晴川芳草遭涂炭。

两江悲四岸。

火神山，雷神山，

降妖伏魔镇凶顽。

三军齐驰援。


国之悍，军之悍，

全民同仇挽狂澜。

黄鹤骑云还。


2020 年 2 月 2 日 20：20 于海南龙栖湾


# 防控（三首）


## （一）

龟缩天涯无幸免，

小区隔离行路难；

处处把关全拒客，

人人自危半遮颜。

春风有意换新天，

病毒无情败故园；

困守斗室观风月，

相邀星宿过大年。

（二）

一城沦陷百城瘫，

疫随人走过千山；

亲情难隔病易染，

初无良方渐有丹。

全民自律死神远，

医护拼搏生路宽；

举国防控送瘟神，

天下苍生命相关。

（三）

新冠年末乱中华，

旧岁远走未见花；

产业休克蓄动能，

城乡停滞歇车马。

生命无价万事小，

钱财有余一抔沙；

举国驰援降天使，

众志成城伏凶煞。

2020 年 2 月 5 日于海南龙栖湾

248

# 中国的力量

## ——致敬抗疫一线的医护

奔忙在充满凶险的病房，

拼搏在没有硝烟的战场。

和时间赛跑，

抢救宝贵的生命；

与死神较量，

抵抗病毒的疯狂。

你们都是无畏的勇士，

关键时刻敢逆流而上；

你们是人间的天使，大地的阳光，

你们是中国的力量！


护目镜下有坚定的目光，

防护服内是挺拔的脊梁。

义无反顾，

践行不变的诺言；

誓死不退，

肩负民族的危亡。

你们都是有家的孩子，

父母儿女全抛在一旁；

你们是人间的天使，大地的阳光，

你们是中国的力量！

2020 年 2 月 8 日于海南龙栖湾

# 望 乡

沉重的乌云笼罩在龟蛇山上，

全中国的呼吸都变得不够通畅；

东湖晴川是如此冷清，

武汉的这个冬天格外漫长。

仓促的暂停吸引世界的目光，

琴台又一次把高山流水奏响；

英雄的城市不会与世界隔离，

江汉关的钟声依然那么倔强。

期待着在黄鹤楼上数看白云，

烟花三月再去扬州逛逛；

我知道谁也挡不住大江东去，

我看见早春的樱花已经在开放。

2020 年 2 月 12 日于海南龙栖湾

# 宅家

四序有定冬日短，

三生无悔春信长；

白雪盈门半城素，

红梅临窗满庭芳。

梦萦车马喧阡陌，

魂系诗书吟厅堂；

冷对莺燕唱高调，

热搜鲲鹏过大江！

注：我运 20 军机号称鲲鹏。

2020 年 2 月 15 日返筑，16 日晨作于山临境

# 英雄谱（一）

### 钟南山

擂响江城警世钟，

挽马脱缰堪称雄；

华夏子孙应记取，

幸有南山不老松。

### 张伯礼

国医济世已多时，

天下苍生岂不知？

八成病患惠悬壶，

信守东风第一枝。

### 陈薇

生化战场领军人，

不见硝烟胜攻城；

只手高擎照妖镜，

巾帼枭雄力拔群。

## 张定宇

疫情汹涌寒流急，

一片绿洲涌甘醴；

拼却渐冻半残身，

化为砥柱潮头立。

## 李兰娟

上穷碧落下黄泉，

妙手回春心如莲；

扼制死神蹈苦海，

托付生灵赢新天。

## 张继先

质本清洁术自高，

先识异兆急吹哨；

娇娘率先入敌阵，

誓死不退是英豪。

2020 年 2 月 22 日于贵阳山临境

# 英雄谱（二）

### 王辰

医防堤溃浸街巷，

患密床稀摧肝肠；

谁拯斯民于水火，

转机始于建方舱。

### 张文宏

曾克非典禽流感，

勇保征战医护安；

疫情流言共生长，

君吐诤言胜灵丹。

### 乔杰

救命胜于造浮屠，

濒死智勇唤复苏；

危重病区降神明，

仁者自有回天术。

**仝小林**

岂因除夕停驰驱？
志在疫区灾情移；
把脉问诊谋良方，
民意社情皆入医。

**黄璐琦**

杏林自古问疗效，
消祸祛灾品自高；
病是垃圾毒是虫，
中西结合同捉妖。

**刘智明**

见惯忠骨卧疆场，
不忍医护殁病房；
出师未捷身先死，
恨海情天两茫茫。

2020 年 2 月 28 日于贵阳观山湖

# 观屏助阵（二首）

## 一

春色渐浓疫未消，
晨练徐行寒如刀；
眼底飘絮忧风劲，
足下落花恨枝高。
荧屏纪实传祥和，
网络隔空送喧嚣；
阵前扁鹊抛生死，
事后诸葛好喧嚣。

## 二

庚子之春迎命考，
疫情如火全球烧；
东边日出西边雨，
此时消停彼时糟。
人类命运本一体，
看戏还须怕台高；
华夏儿女先交卷，

交付天下任你抄！

2020 年 3 月 13 日于贵阳观山湖

# 鹤冲天·踏青

困守宅家，庭院设关卡。

出入需扫码，数据查。

莺燕动枝头，春光流天涯。

趁绵雨初罢，老幼兴雅，融入田园诗画。

柳青桃红，农舍白墙灰瓦。

新渠净无沙，映菜花。

风里山歌牧笛，林下鸡，水上鸭。

炊烟入晚霞。怎得留下，静候夏虫秋蛙！

2013.03.18 记于贵阳观山湖

# 清零

武汉疫情终归零，

江天澄澈风物新；

三镇百日千尺暗，

九州一体万丈灯。

上下同欲共甘苦，

军民戮力安乾坤；

壮歌当为英雄谱，

哀乐留与世人听。

2020 年 4 月 18 日于贵阳观山湖

# 乡友重聚

疫后疑现梦里身，

悬冰累卵话封城；

咫尺天涯路迢迢，

困守相思雨纷纷。

赤子披锐驱孽瘴，

白衣执甲送瘟神；

人间烟火今又是，

楚风汉韵辨乡亲。

2020 年 6 月 10 日晨作于贵阳观山湖

# 京城反弹

肆虐全球未作罢，

卷土重来乱京华；

隐秘惯使回马枪，

嚣张擅用连环打。

防控犹忌灯下黑，

排查莫作眍眼瞎；

战疫至此验真功，

全民阻抗咬紧牙！

2020 年 6 月 17 日于贵阳观山湖

　　鼠年春，新冠肺炎突袭华夏，疫情凶险。幸有中央坚强领导，铁腕防控；专家应对有方，举国驰援；医护执甲逆行，誓死不退；国人自觉隔离，安分守己。宅家三月，吟诗若干，稍加整理，为彻底战胜这人类历史上罕见的瘟疫添力助威。

# 后 记

在朋友们的鼓励和出版社的支持下，本人对近几年发在微信朋友圈的诗词习作进行了整理，汇成一集。不揣浅陋，呈献给读者。

爱好诗词由来已久，但认真学写诗词则时间不长。工作时的学习思考，主要是研究业务、处理问题。复杂难寻诗意，忙碌缺少闲情。退休后，无官无责，耳根清静。所见所闻，所思所感，尝试通过诗词的形式表达出来。既不为稻粱谋，亦不为名利累，随心所欲，自得其乐。几年下来有几百首飘散。收集编印，避免散佚，敝帚自珍。

诗词是意境的体现。《毛诗序》云："诗者，志之所之也。在心为志，发言为诗。情动于中而形于言，言之不足故嗟叹之，嗟叹之不足故永歌之，永歌之不足，不知手之舞之，足之蹈之也"。思想境界，始终是诗词的首要标准。写什么怎么写是作者三观的决定的，意境不会凭空出现。作者的政治取向、思想水平和生活态度通过作品反映，作品是作者品格的证明。

诗词是情感的流露。充沛真实的情感，是诗词产生的前提。《与元九书》曰："感人心者，莫先乎情，莫始乎言，莫切乎声，莫深乎义。诗者：根情，苗言，华声，实义"。我在写作的过程中，深深体会到，生活是创作的源泉，情感是写诗的动力。对世相麻木的的人写不出诗。诗集反映了我对军旅、家国、故乡以及山水的拳拳之心和眷恋之情。没有矫揉造作，生硬拼凑的东西，也没有强赋新词，无病呻吟的文字。

诗词是艺术的表达。中华文化源远流长，博大精深。诗词歌赋群山巍峨，气象万千。学古而不泥古，师法而不拘法。"独抒性灵，不拘格套"乃故里贤达明代公安派"袁氏三杰"共同的文学主张，深以为然。平仄格律，不可不讲究。但是我没有刻意讲究。时代气息和当下之言，是我的一种追求。《沧浪诗话》有云"其初不识好恶，连篇累牍，肆笔而成"。现在开始到"既识羞愧，始生畏缩，成之极难"的阶段。本集诗词大多为即兴之作，开始是发朋友圈供大家一乐，不期进大雅之堂。假以时日，将挑选若干进行诗韵格律上的打磨，本书是草草汇集。精粗高低，供读者评判。

《壮思风飞》定名取自谢朓先生《七夕赋》，书法取自王阳明先生在贵州龙场书院的手迹。希望诗集能够比较好地传递它的意象。

一集既成，过往定格。生活在继续，追求无止境。书生怀梦，缪斯多情，且行且吟。感谢中央党校志伟教授深情作序和诗评家雪峰先生的激情褒扬。感谢所有的批评和点赞。

石孝军

2020 年 11 月 3 日于武当山老营宾馆